어젯밤

KB191606

어젯밤

제임스 설터
박상미 옮김

마음산책

옮긴이 **박상미**
연세대학교 심리학과를 졸업했다. 1996년부터 뉴욕에 살면서 미술을
공부했고 글도 쓰기 시작했다. 지은 책으로『뉴요커』와『취향』『나의
사적인 도시』가 있고, 옮긴 책으로『이름 뒤에 숨은 사랑』『앤디 워홀
손안에 넣기』『빈방의 빛』『그저 좋은 사람』『우연한 걸작』『가벼운 나
날』『사토리얼리스트』등이 있다.

어젯밤

1판 1쇄 발행 2010년 4월 15일
1판 13쇄 발행 2022년 8월 1일

지은이 | 제임스 설터
옮긴이 | 박상미
펴낸이 | 정은숙
펴낸곳 | 마음산책

등록 | 2000년 7월 28일(제2000-000237호)
주소 | (우 04043) 서울시 마포구 잔다리로3안길 20
전화 | 대표 362-1452 편집 362-1451   팩스 | 362-1455
홈페이지 | www.maumsan.com
블로그 | blog.naver.com/maumsanchaek
트위터 | twitter.com/maumsanchaek
페이스북 | facebook.com/maumsan
인스타그램 | instagram.com/maumsanchaek
전자우편 | maum@maumsan.com

ISBN 978-89-6090-074-5 03840

* 책값은 뒤표지에 있습니다.

그 집뿐이었다.

나머지는 그리 강렬하지 않았다.

삶을 꼭 닮은 장황한 소설 같았다.

아무 생각 없이 지나가다

어느 날 아침 돌연 끝나버리는.

핏자국을 남기고.

⁂

혜성   9

스타의 눈   23

나의 주인, 당신   43

뉴욕의 밤   73

포기   91

귀고리   105

플라자 호텔   131

방콕   153

알링턴 국립묘지   169

어젯밤   181

작가의 말   201

옮긴이의 말   206

■ 일러두기

1. 옮긴이 주는 글줄 상단에 맞추어 표기하였다.
2. 잡지 제목과 곡명은 〈 〉로 묶었고, 시 제목은 「 」로, 책 제목은 『 』로 묶었다.

혜성

그는 식탁 위로 몸을 구부려 턱을 손에 괴었다.
누 군 가 를   안 다 고   생 각 하 겠 지 만,
저녁을 함께 먹고 카드를 몇 번 쳤다고 생각
하겠지만 당신은 실제로 아무것도 모른다.
언 제 나   놀 라 게   된 다.
당 신 은   아 무 것 도   모 른 다.

필립은 6월 어느 날 아델과 결혼했다. 구름이 끼고 바람이 불다가 나중에 해가 나왔다. 아델은 오래전에 결혼한 적이 있었지만 다시 흰색을 입었다. 굽 낮은 하얀 구두에 엉덩이가 달라붙는 긴 하얀 치마, 얇게 비치는 흰 블라우스를 입고 그 안엔 흰 브래지어를 했다. 목에는 담수 진주 목걸이를 걸었다. 결혼식은 그녀의 집에서 했다. 이혼하면서 받은 집이었다. 우정을 굳게 믿는 그녀였고 친구들이 모두 참석했다. 집은 사람들로 북적였다.

— 나, 아델은, 그녀는 낭랑한 목소리로 말했다. 필립, 당신께 나를 드립니다. 당신의 아내로서 모든 것을……. 뒤에는 들러리로 아델의 아들이 약간 멍한 표정으로 서 있었다. 팬티에는 '빌려온 것'으로 작은 은화 같은 것을 달았는데, 결혼식에서

갖가지 소품으로 오래된 것, 새것, 빌려온 것, 푸른색의 것을 쓰는 영미권의 전통에 따라, 팬티에 꽂는 핀을 빌려온 것으로 했다는 뜻 아버지가 전쟁에 하고 갔던 성 크리스토퍼 훈장이었다. 그녀는 몇 번이고 치마의 허리춤을 말아 내려 사람들에게 훈장을 보여주었다. 문 앞에는 지팡이를 짚은 한 노파가 사람들이 정원 구경을 하는 줄 알고 서 있었다. 지팡이엔 작은 개를 맨 목줄이 걸려 있었다.

피로연에서 아델은 내내 행복한 표정으로 웃었다. 술을 많이 마셨고, 많이 웃었고, 쇼걸처럼 긴 손톱으로 팔의 맨살을 긁었다. 새 남편은 그녀를 숭배했다. 송아지가 소금을 핥듯 아델의 손바닥을 핥을 수 있을 정도였다. 그녀는 아직은 예쁘다고 할 만큼 젊었다. 해가 지기 전 마지막 불꽃이랄까. 하지만 아이를 낳기엔 나이가 많았다. 적어도 그럴 마음이 있다면 말이다. 여름이 오고 있었다. 오후의 더워진 공기 속에서 그녀가 까만 수영복을 입고 구릿빛 팔다리를 드러낸 채 빛나는 태양을 등에 지고 나타났다. 탱탱한 두 다리로 부드러운 모래를 밟으며 바다에서 걸어 올라왔다. 바닷물에 젖은 머리칼. 모든 게 우아하고 자연스럽고, 그리고 느긋했다.

그들은 함께 삶을 꾸려갔다. 대부분 아델의 삶 속에 정착했다. 가구도, 거의 읽지 않은 책들도 그녀의 것이었다. 아델은 전남편 들리리오의 얘기를 종종 했다. 프랭크라는 이름의, 대규모 쓰레기 운반 회사의 후계자였다. 그녀는 그를 들리리움 Delerium, 정신착란이라는 뜻이라 불렀지만 꼭 나쁜 얘기를 하는 건 아니었다. 충성은 그녀의 신조였다. 아델의 말에 따르면 어릴

혜성

때부터 지겨운 8년간의 결혼 시절까지 언제나 그랬다. 결혼의
조건은 간단했다고 했다. 자신의 일이란 옷을 차려입고, 저녁
을 준비하고, 하루에 한 번씩 대주는 것. 한 번은 다른 커플
과 함께 플로리다로 여행을 갔는데, 그곳에서 보트를 빌려 비
미니 해안으로 여름철 낚시를 하러 갔다.

— 근사한 저녁이 될 거야. 들리리오가 배에 올라 잠자리에
들기 전 신이 나서 말했다. 일어나면 멕시코 만류를 지났을
거야.

시작은 그랬지만 끝은 달랐다. 바다는 거칠었고, 멕시코 만
류까진 가지도 못했다. 선장은 롱아일랜드 사람이었는데 길을
잃었다. 들리리오는 50달러를 쥐어주면서 배를 돌리자고 했다.

— 배를 좀 아나요? 선장이 물었다.

— 당신보단 많이 알 거요. 들리리오가 말했다.

그는 아델에게 마지막 경고를 들은 참이었다. 아델은 선실
에 파랗게 질려 누워 있었다.

— 아무 데나 항구로 들어가든가 아니면 오늘 밤은 혼자
잘 생각하세요.

필립 아르뎃은 이 얘기뿐 아니라 다른 얘기들도 종종 들었
다. 그는 예의가 바르고 점잖았는데, 상대방을 메뉴판 보듯
고개를 뒤로 젖히고 말하는 버릇이 있었다. 필립과 아델은 골
프장에서 만났다. 아델이 골프를 막 배우기 시작할 때였다. 비
가 부슬부슬 내렸고 골프장엔 사람이 거의 없었다. 아델과 그
녀의 친구가 막 티오프_{그라운드에서 제1타를 치는 것} 했을 때 골프채

13

가 몇 자루 든 가방을 맨 대머리 남자가 함께 쳐도 좋겠느냐고 물었다. 아델의 드라이브는 괜찮았다. 그녀의 친구는 길 건너로 날려버려 다시 공을 티에 올렸는데, 이번엔 탑을 내고 말았다. 필은 수줍은 듯 낡은 3번 우드를 꺼내 들더니 한 방에 페어웨이로 200야드를 날렸다.

그게 그의 성품이었다. 필립은 조용하면서 능력이 있었다. 프린스턴을 나와 해군에 입대했었다. 그의 다리를 보고 단단하다고, 해군 출신처럼 보인다고 아델이 말했었다. 처음 데이트하던 날 그는 이런 말을 했다. 우습게도 어떤 사람은 자길 좋아하고 어떤 사람은 그렇지 않다고.

— 한데 날 좋아하는 사람들은 내가 흥미를 잃어버려요.

그게 정확히 무슨 말인지는 몰랐지만 아델은 그의 외모가 좋았다. 조금 지친 듯한 모습, 특히 눈가가 그랬다. 그 때문에 예전 같지는 않았을지언정 왠지 남자다워 보였다. 그리고 필립은 명석했다. 그녀의 표현에 따르면 교수 같은 부류였다.

그녀에게 사랑을 받는 것도 가치가 있었지만 그에게 사랑을 받는 건 왠지 더 높은 가치가 있어 보였다. 그는 세상을 좀 얕잡아 보는 듯했다. 세상의 위에 있기 위해 아무것도 좋아하지 않기로 한 사람 같았다.

알고 보니 그는 돈을 많이 벌지 못했다. 비즈니스 주간지에 글을 썼는데, 아델도 부동산에 투자해서 그 정도는 벌었다. 결혼하고 몇 년이 지나면서 그녀는 살이 찌기 시작했다. 아직 얼굴은 예뻤지만 얼굴선도 두둑해졌다. 하지만 스물다섯 살

때 하던 대로 술잔을 들고 침대에 들어왔다. 필은 파자마 위에 캐주얼 양복 재킷을 입고 앉아 책을 읽었다. 그 차림으로 아침에 뒤뜰을 걷기도 했다. 그녀는 술을 한 모금 마시고 그를 쳐다봤다.

—그거 알아요?

—뭘?

—난 열다섯 살 때부터 섹스라이프가 괜찮았어요. 그녀가 말했다.

그가 올려다봤다.

—난 그렇게 일찍 시작하진 않았는데. 그가 털어놨다.

—그랬다면 더 좋았을 텐데.

—좋은 충고지만 좀 늦었지.

—우리가 처음 했을 때 기억나요?

—기억나지.

—거의 멈출 수가 없었잖아요. 그녀가 말했다. 기억해요?

—그럼 이제 평균이 됐겠네.

—참, 대단하시네요. 그녀가 말했다.

그가 잠이 든 후 영화를 봤다. 스타들도 늙어가고 애정에도 문제가 있었다. 하지만 다르지. 그들은 이미 엄청난 보상을 받았으니까. 아델은 영화를 보며 생각했다. 젊었을 때, 그땐 가진 것이 많았다. 그녀는 스타가 될 수도 있었다.

필이 뭘 알겠나, 그는 잠들어 있을 뿐이었다.

가을이 왔다. 어느 날 저녁 그들은 모리세이 부부 집에 갔다. 키가 큰 모리세이는 변호사로, 사람들의 재산을 관장했다. 유언장 처리가 그의 전문이었는데, 유언장이야말로 알 수 없는 사람 속이라고 했다.

저녁 식사 자리엔 시카고에서 온 남자가 있었다. 컴퓨터로 큰돈을 번 사람인데, 조금 얘기를 해보니 금방 명청이라는 게 드러났다. 그는 저녁을 먹다가 건배를 부르며,

— 프라이버시의 종말과 품위 있는 삶을 위하여, 라고 말했다.

그의 곁에는 시무룩해 보이는 여자가 있었다. 자기 남편이 클리블랜드에 사는 한 흑인 여자와 바람피웠다는 사실을 최근에 알게 되었다고 했다. 어찌어찌 7년이나 바람을 피웠고, 애가 있을지도 모른다고 했다.

— 여기 오면 왜 기분 전환이 되는지 아시겠지요. 여자가 말했다.

다른 여자들은 그녀를 동정했다. 그녀에게 어떻게 하라고도 했다. 지난 7년을 죄다 곱씹어보라고.

— 맞아요. 그녀의 옆에 앉은 남자가 말했다.

— 다시 생각할 게 뭐가 있어요? 필이 물었다.

이 말에 답이 바로 돌아왔다. 기만이죠, 그들이 말했다. 기만, 그녀는 내내 기만당한 거예요. 그동안 아델은 자기 잔에 와인을 더 따랐다. 벌써 옷에 와인을 흘렸고 그 자리에 냅킨을 덮어놓았다.

혜성

— 하지만 그동안은 행복했을 거 아니오? 필이 솔직하게 말했다. 그 삶은 그렇게 산 거예요. 그 사실은 바뀌지 않아요. 한순간 모든 게 불행으로 바뀔 순 없다고요.

—그 여잔 내 남편을 뺏어갔어요. 남편이 맹세한 모든 걸 가져갔다고요.

— 미안한 말이지만, 필이 나지막이 말했다. 그런 일은 매일 일어납니다.

합창하듯 사람들이 반발했다. 제단에서 목이 잘릴 거위들처럼 목을 쭉 빼고 씩씩거렸다. 아델만이 조용히 앉아 있었다.

— 매일이죠. 그가 다시 말했다. 그의 목소리는 들릴 듯 말 듯 했다. 이성의 목소리 혹은 적어도 사실을 말하는 목소리였다.

— 난 딴 여자의 남자는 손대지 않을 거 같아요. 그제야 아델이 한마디 했다. 결코. 취했을 때 피곤해 보이는 그 얼굴이었다. 모든 걸 안다는 듯 피곤한 기색. 그리고 난 맹세를 어기는 일 따윈 안 할 거예요.

— 당신은 안 그럴 거야. 필이 말했다.

— 스무 살짜리에게 빠지는 일도 없을 거예요.

아델은 그 가정교사 얘기를 꺼냈다. 그때 집에 오던 여자, 옷 밖으로 젊음이 배어 나오던 여자.

— 당신은 안 그러겠지.

— 저 사람은 와이프를 떠났어요. 아델이 사람들에게 말했다.

갑자기 사람들이 조용해졌다.

필의 얼굴에서 웃음이 사라졌지만 아직 온화한 표정이었다.

— 난 와이프를 떠나지 않았어, 그가 조용히 말했다. 내쫓겼지.

— 와이프와 아이들을 버렸어요. 아델이 말했다.

— 내가 버린 게 아니었어. 어쨌거나 우리 둘 사이는 끝났지. 1년이 넘도록 남처럼 지냈으니까. 그는 다른 사람의 얘길 하듯 차분하게 말했다. 내 아들의 가정교사였어요. 그가 설명했다. 나는 사랑에 빠졌죠.

—그러고 바로 관계를 가졌나요? 모리세이가 넌지시 물었다.

— 아, 물론이죠.

말할 힘조차 없을 때도, 숨 쉬기조차 힘들 때도 사랑은 할 수 있다.

— 2~3일도 안 걸렸어요. 그가 털어놨다.

— 집에서요?

필은 고개를 저었다. 이상하게 무기력한 감정이 들었다. 자기 자신을 포기하고 있는 것처럼.

— 집에선 안 그랬어요.

— 저이는 부인과 자식을 버렸어요. 아델이 다시 말했다.

— 당신이 몰랐던 일도 아니잖아. 필이 말했다.

—그냥 그렇게 걸어 나왔다고요. 열아홉에 결혼해서 15년 동안 살고 나서.

— 15년은 아니야.

— 애가 셋이었어요. 그녀가 말했다. 그중 하나는 지진아였고요.

혜성

속이 어떻게 된 게 틀림없었다. 그는 더 이상 말을 할 수가 없었다. 가슴속이 메스거렸다. 혼자서만 간직하던 과거를 토해내는 듯이.

— 지진아가 아니라, 그는 겨우 말했다. 읽는 데 좀 장애가 있을 뿐이었어.

그 순간 오래전 아들과 함께 있던 기억이 뼈아프게 떠올랐다. 친구의 집이 있는 호수에서 단둘이 배를 타고 나가 물속에 뛰어들어 수영을 했다. 여름이었다. 그때 아들은 여섯 살이나 일곱 살이었다. 깊은 물속은 차가웠지만 그 위론 물이 따뜻했고, 연녹색 개구리와 해초가 떠다녔다. 그들은 호수의 먼 끝까지 헤엄을 쳤다가 돌아왔다. 아이는 금발머리와 겁먹은 얼굴만 물 위로 내놓고 개헤엄을 쳤다. 행복한 시절이었다.

— 더 있잖아요. 아델이 말했다.

— 뭐가 더 있다는 거야.

—그 가정교사가 콜걸 비슷한 뭐였더라고요. 다른 남자와 자는 걸 저 사람이 발견했어요.

— 정말이에요? 모리세이가 물었다.

그는 식탁 위로 몸을 구부려 턱을 손에 괴었다. 누군가를 안다고 생각하겠지만, 저녁을 함께 먹고 카드를 몇 번 쳤다고 생각하겠지만 당신은 실제로 아무것도 모른다. 언제나 놀라게 된다. 당신은 아무것도 모른다.

— 상관없어요. 필이 우물거렸다.

—그런데 이 바보가 그래도 그 여자와 결혼을 했어요. 아델

이 계속했다. 그때 이 사람이 일하던 멕시코시티로 그 여자가 갔고 거기서 결혼을 한 거예요.

— 당신은 아무것도 몰라, 아델. 그가 말했다.

그는 뭔가 더 말하려 했지만 말이 나오지 않았다. 숨이 차서 아무 말도 못할 때처럼.

— 아직도 연락하고 지내나요? 모리세이가 가볍게 물었다.

— 그래요. 내가 이렇게 시퍼렇게 살아 있는데 말예요. 아델이 말했다.

아무도 모를 터였다. 이 사람들은 멕시코시티가 어땠는지, 그 황홀하던 첫 1년이 어땠는지, 주말에 쿠에르나바카^{멕시코시티 부근의 휴양지}를 지나 해안을 따라 내려가던 드라이브가 어땠는지 알 수 없을 것이다. 태양 아래 빛나던 그녀의 다리와 팔, 그 옆에서 느끼던 현기증, 봐서는 안 되는 사진이나 굉장한 예술 앞에서처럼 무릎을 꿇고 싶은 느낌. 멕시코시티에서 2년 동안은 파경이란 가능성은 전혀 없었다. 거의 신앙에 가까웠다. 고개를 숙이면 드러나던 갸름한 목덜미가 눈에 선했다. 매끈한 등을 따라 진주처럼 살며시 솟아오른 등뼈의 흔적도. 자기 자신의 모습 또한 눈에 선했다. 과거의 자기 자신.

— 연락해요. 그가 시인했다.

— 첫 번째 부인과는요?

— 연락하지요. 아이들이 셋인데.

— 저이는 와이프를 버렸어요. 아델이 말했다. 아주 카사노바예요.

혜성

—어떤 여자들은 경찰 같아요. 필은 딱히 누구에게랄 것 없이 말했다. 이건 옳고 저건 그르다. 뭐, 아무튼…….

그가 자리에서 일어났다. 살면서 잘한 게 없다고, 순서조차 틀리게 살았다는 걸 깨달았다. 그는 인생을 망쳤다.

—여하튼 이것만은 내 진심이에요. 할 수만 있다면 처음부터 다시 하고 싶다는 거.

그가 나간 후 사람들은 다시 얘기를 시작했다. 남편이 7년 동안 바람을 피운 걸 알게 된 그 여자가 어떤 기분인지 안다고 했다.

—필립은 자기가 어쩔 수 없었던 것처럼 말하는데……. 그녀가 말했다. 나도 비슷한 일이 있었어요. 하루는 버그도프 백화점 앞을 지나는데 쇼윈도에 맘에 드는 초록색 코트가 걸려 있었어요. 그래서 들어가서 그 코트를 샀어요. 그런데 며칠 지나서 다른 곳에서 처음 코트보다 더 좋은 걸 본 거예요. 그래서 그것도 샀어요. 나중에 옷장 안엔 초록색 코트가 네 벌이나 걸려 있게 됐죠. 욕망을 자제할 수 없어 그런 거예요.

바깥 하늘엔 붓질한 듯 구름이 떠 있었고 별빛은 희미했다. 아델은 눈으로 한참 찾다가 저 멀리 어둠 속에서 필을 발견했다. 그녀는 비틀거리며 그에게 다가갔다. 그는 하늘을 올려다보고 서 있었다. 그녀는 몇 미터 떨어진 곳에 멈추어 서서 자기도 고개를 들었다. 하늘이 돌기 시작했다. 중심을 잡으려고 몇 발짝 옮겼다.

—뭘 봐요? 그녀가 결국 말을 건넸다.

그는 대답하지 않았다. 대답하고 싶지 않았다. 그러다가,

— 혜성. 그가 말했다. 신문에서 그랬어. 오늘 밤 제일 잘 보일 거라고.

그러고는 아무 말도 없었다.

— 내 눈에는 안 보이는데요. 그녀가 말했다.

— 안 보여?

— 어디 있어요?

— 바로 저기 있잖아. 그가 손으로 가리켰다. 특별하게 생긴 건 아냐. 그냥 작은 별 같아. 저기 묘성 옆에 보이는 거. 그는 별자리를 모조리 알고 있었다. 가슴이 무너지던 해안선 위로 어둠 속에서 떠오르는 별들을 보아온 그였다.

— 들어가요. 내일도 볼 수 있잖아요. 그녀가 말했다. 거의 위로하듯 말했지만 가까이 다가가진 않았다.

— 내일은 안 보일 거야. 한 번뿐이야.

—그게 어디 있을지 어떻게 알아요? 그녀가 말했다. 어서요, 늦었어요. 이제 그만 들어가자고요.

그는 움직이지 않았다. 잠시 후 그녀는 집 쪽으로 걷기 시작했다. 화려하게, 2층과 아래층 모두 불이 밝혀져 있었다. 그는 그대로 그 자리에 서서 하늘을 올려다보다가 아델을 돌아보았다. 잔디밭을 건너가는 그녀의 뒷모습이 점점 작아졌다. 빛의 반경 속으로, 다음은 더 환한 곳으로 들어서더니, 부엌으로 올라가는 계단에서 그녀는 발을 헛디뎠다.

혜성

스타의 눈

나뭇잎이 무성한
오솔길을 따라 내려가면
해 변 이 나 왔 다 .
그해 여름 테디는
비키니를 입지 않았
다. 부끄러워서였다.
똑같은 까만 원피스
수영복만 매일 입었고,
그해 가을엔 낙태
수 술 을 받 았 다 .

꧁

테디는 키가 작고 다리가 짧았는데, 그 몸매마저 이젠 예전 같지 않았다. 목 아래로 다 펑퍼짐해졌는데, 팔뚝은 꼭 요리사 같았다. 60대인 테디는 10년 동안 같은 모습이었고, 아마 앞으로도 비슷할 터였다. 어차피 더 이상 바뀔 것도 없었으니까. 눈 밑과 턱 밑의 살도 늘어졌다. 어렸을 땐 턱이 좀 들어간 편이었는데, 이젠 겹겹이어서 그렇다고 할 수 없었다. 하지만 그녀는 옷을 잘 입었고 사람들은 그녀를 좋아했다.

죽은 남편인 마이론 허시는 안과 의사였고 스타들의 눈을 치료했다는 사실에 자부심을 갖고 있었다. 대개는 스타의 친척이나 조카, 또는 시어머니였지만 그게 그거였다. 그는 그 모든 사람들의 증상을 정확하게 얘기할 수 있었다. 망막염, 경미한 약시…….

―그래서, 그게 뭔데요?

백발의 그는 이렇게 답하곤 했다.

― 사팔뜨기란 얘기지.

하지만 마이론은 가버렸다. 흥미로운 사람은 아니었다고, 때로 테디도 인정했다. 그러니까 유명한 배우의 눈이 어디가 잘못됐는지 아는 것만 빼면 말이다. 결혼한 건 그녀가 마흔이 넘었을 때였는데, 그땐 이미 싱글이라는 삶을 받아들인 후였다. 좋은 아내가 될 수 없을까 봐 그런 게 아니라, 그냥 원만하고 착한 성격밖에 남은 게 없었기 때문이었다. 그녀의 표현을 빌리자면, 나머지는 모두 77 사이즈로 변한 후였다.

하지만 언제나 그런 건 아니었다. 200년 전 악명 높은 런던의 윌슨 부인처럼, 어떻게 열다섯에 나이 든 남자의 애인이 되었는지 말하진 않았지만 테디도 비슷한 경험이 있었다. 그녀의 인생에서 첫 번째 중대한 사건은 작가와 연애한 일이었다. 스무 살 연상인, 글을 잠시 중단한 소설가였다. 그가 그녀를 처음 본 건 버스 정류장에서였다. 그녀는 그때도 예쁜 축은 아니었지만 젊어서 몸매는 괜찮았다. 처음으로 그 사람 때문에 페서리^{여성 피임 기구. 자궁경부캡}를 썼고 3년을 사귀었지만, 그는 결국 문학으로 돌아갔다. 그리고 나중엔 뉴저지의 큰 집으로 이사 갔다.

처음엔 한동안 연락을 하고 지냈다. 그는 성인의 세상으로 통하는 유일한 연결 고리였고, 물론 그의 책도 읽었다. 하지만 편지는 서서히 뜸해지더니 어느 날 끊겨버렸다. 그로써 언젠가 그가 돌아오리라는 희망도 사라졌다.

그는 점점 잊히면서 그녀의 머릿속에서 하나의 이미지로 변해갔다. 운전하는 모습이었다. 그 당시 길들은 하얗고 널찍했다. 적당히 취한 그가 하얀 길을 누비면서 그녀를 데려가지 않은 파티와 거기서 만난 배우들의 얘기를 들려주었다.

그리고 테디를 스토리 분과에 취직시켜주었다. 그렇게 그녀는 영화판에서 긴 경력을 시작하게 되었다. 절친한 동료와 꿈이 있었지만 기만도 있었던 영화판. 하지만 사람들은 테디를 신뢰했고 그녀는 정직하려고 애썼다. 결국 그녀는 제작자가 되었다. 실제로 영화를 제작한 적은 없었지만 사람들에게 아이디어를 제공했고 영화가 만들어지거나 묻히는 걸 지켜보았다. 영화는 만들어진 다음 묻히기도 했다. 허시 박사와 결혼한 건 도움이 되었다. 환자 중 한 명이 게임 쇼를 연출하는 회사를 가진 부자였고, 그 사람을 통해 텔레비전 쪽 사람들을 알게 되었다. 그렇게 오래 기다리던 기회는 남편이 죽은 후에야 찾아왔다. 공동제작을 하자는 요청을 받았는데 그 프로가 성공을 거두었고 1년 후엔 단독 제작자가 되었다. 파트너가 베네수엘라 사업가와 사랑에 빠져 결혼을 하러 떠났기 때문이었다. 그녀는 성격이 원만했고, 감상적이었지만 머리가 비상했고, 회사에 비싸지 않은 자동차를 몰고 다녔다. 사람들은 그녀를 좋아했고, 그녀가 기뻐하는 걸, 웃는 걸 보고 싶어 했다.

영화의 줄거리는 낯익은 것일 수도 있다. 낭만적이고 알 수 없는 인물, 냉소적이면서도 앞가림을 잘하는 남자의 이면엔 실패한 이상주의자가 있다는 이야기. 이번 이야기의 주인공은 변호사였다. 법대에서 수석이었고 수년 동안 큰 법률회사에서 일에 전념하다가 독립을 하지만 기껏 하는 일이라고는 수사관들이 하는 일이나 음주운전으로 걸린 사람들을 적당히 벌금을 내게 하고 빼내는 거였다. 간단히 말하면 싸구려 소설의 칙칙한 영웅이었다. 기억할 만한 부분이 있긴 했다. 그가 저녁때 정장을 하고 사무실을 나서 팜스프링스^{캘리포니아 주 남동쪽에 있는 고급 휴양 도시}에 있는 생일파티에 가는데 그곳에서 자신의 돈 많은 고객의 도덕적인 타락을 목격했고, 어쩌다 그의 부인을 유혹하게 된다.

다행스러운 일은 배우가 그 역에 적격이라는 사실이었다. 부스만 켁은 40대였지만 젊어 보였다. 늦깎이 배우였다. 열두 살 난 아들을 오디션에 데리고 갔는데 정작 그가 연기를 해본 적이 있느냐는 질문을 받았다.

— 아뇨. 그가 말했다.

— 없어요? 전혀?

— 글쎄요, 제가 아는 바로는 없는데요.

제작팀은 알코올 중독이지만 기본적인 남자다움을 잃지 않은 역할을 맡을 남자 조연을 찾고 있었는데, 그가 어딘지 그런 분위기를 풍긴다고 생각했다.

— 무슨 일을 하시지요?

— 수영 코치예요. 퀵이 답했다.

— 개인 코치?

— 아뇨. 고등학교에서 수영팀 코치를 합니다. 그가 설명했다.

그들은 그를 좋아했고, 운도 따라주었다. 영화가 어느 정도 주목을 받았고, 점차 퀵도 주목을 받았다. 테디가 그에게 배역을 주었다. 퀵은 처음에 그녀를 대단치 않게 생각했지만 시간이 지나면서 다르게 보기 시작했다. 심지어 작고 땅딸한 외모까지 좋아하게 되었다. 무슨 이유에서인지 그녀는 그를 버드라고 불렀다. 그들은 친하게 지냈다. 테디는 평범한 삶을 살았지만 이제는 완전히 달라졌다. 그래도 겸손함을 잃지 않았다.

— 다 꿈이지요. 그는 이렇게 말하곤 했다.

그리고 데보라 레글리가 합류했다. 한동안 출연한 영화가 없었지만 아직 유명세는 있는 배우였다. 젊었을 때 날씬하고 거만한 외모에, 거물 배우와 결혼했었다. 그녀는 이번 우정 출연을 위해 동부에서 날아왔다. 출연료가 너무 세다고 테디는 생각했다. 게다가 처음부터 까다롭게 굴었다. 화장기 없는 얼굴에 진한 선글라스를 끼고 비행기에서 내렸지만 사람들이 알아봐주길 바라는 눈치였다. 테디가 공항까지 마중을 나갔는데 차가 오지 않아 좀 기다려야 했다. 촬영장에서 겪어보니 그녀는 완전히 괴물이었다. 매일 늦어서 모두를 기다리게 하지 않나, 감독에게 소리를 지르지 않나, 다른 스태프들은 아

29

예 없는 것처럼 행동했다.

테디는 데보라에게 저녁을 대접해야 했는데 혼자 상대하기 끔찍해서 켁을 불렀다. 마침 켁의 와이프는 여행 중이었다. 그녀는 벨루가 캐비아^{큰철갑상어인 벨루가에서 나온 알. 캐비아 중에서도 가장 비싸서 1킬로그램당 1만 달러 이상 나가기도 한다}를 사두었다. 상표에 철갑상어가 그려진, 큰 양철 캔이었다. 잘게 부순 얼음 위에 캐비아를 놓고 그 주변으로 반씩 자른 레몬을 삥 둘렀다. 캐비아와 함께 술을 마신 후 레스토랑으로 갈 예정이었다. 켁이 호텔에서 데보라를 픽업할 것이다. 테디는 시계를 봤다. 7시가 넘었다. 도착할 시간이었다.

키가 크고 까만 야자수 뒤쪽으로 차를 대고 켁은 호텔 스위트룸으로 올라갔다. 그가 노크하자 개가 짖기 시작했다. 그는 기다렸다가 다시 노크했다. 카펫을 내려다보고 서 있는데 결국,

— 누구세요?

— 부스예요.

— 누구요?

— 부스요. 그가 목소리를 높였다.

— 잠깐만요.

다시 한참이 흘렀다. 개 짖는 소리가 멈췄고 아무 소리도 나지 않았다. 그가 다시 노크를 했다. 마침내 장엄한 무대의 커튼이 열리듯 문이 열렸다.

스타의 눈

— 들어와요. 그녀가 말했다. 미안해요. 많이 기다렸나요?

그녀는 좀 캐주얼한 갈색 실크 재킷을 입었다. 그 안에는 부드러운 감의 흰 티셔츠를 받쳐 입었다.

— 욕실에서 뭘 엎질렀어요. 그녀가 설명했다. 귀고리를 하면서 그를 방 안으로 안내했다. 그나저나 이 끔찍한 저녁 식사, 어떡할 거예요?

개가 켁의 다리에 코를 대고 킁킁거렸다.

—그 지루한 여자와 오늘 저녁을 보낸다는 건, 그녀가 서슴지 않고 말을 이었다. 생각만 해도 끔찍해요. 당신은 어떻게 그런 여자와 어울리는지 모르겠어요. 이리로 와서 앉아요.

옆에 있는 소파를 손으로 치며 말했다. 개가 뛰어올라 그 위에 앉았다.

— 내려가, 새미. 그녀가 말했다. 손등으로 개를 밀어냈다.

그녀가 다시 소파를 톡톡 쳤다.

— 뭣도 모르는 멍청한 여자예요. 글쎄 공항에 나온 운전사가 내 이름을 커다랗게 써서 들고 있지 뭐예요. 상상이 가요? 그거 내려놓으라고, 내가 그랬지요.

화가 난 건지 짜증이 난 건지 콧구멍을 벌름거렸다. 켁은 알 수 없었다. 그녀가 그럴 때는 두 가지였다. 자존심을 다쳤거나 화가 났을 때 제대로, 확실하게 벌름거렸다. 그런 게 아니라면 약간 유혹하는 분위기였다. 말하자면 한쪽 눈썹을 치켜세우는 것과 비슷했다.

— 멍청한 바보들! 그 운전수, 자기가 대단해 보이겠다고 그

플래카드를 들고 사람들 앞에 흔드는 거 있죠. 내 꼴이 어땠겠어요? 조금만 아니었어도, 이 호텔이 조금만 아니었어도 바로 뉴욕으로 날아갔을 거예요. 바이, 바이. 하지만 물론 여기선 나를 모르는 사람이 없으니까. 한두 번 온 게 아니잖아요.

─그렇군요.

─그래서, 우리 어쩔 거예요? 그녀가 말했다. 한잔하면서 생각을 좀 해보자고요. 냉장고에 화이트와인이 있어요. 요즘은 화이트만 마셔요. 괜찮겠어요? 아니면 다른 걸 주문하든가.

─시간이 얼마 없는데요. 켁이 말했다.

─시간 많아요.

개가 두 발로 켁의 한쪽 다리를 잡았다.

─새미, 그녀가 말했다. 그만해.

켁은 개를 떼어놓으려고 했다.

─나중에, 새미. 그녀가 말했다.

─새미가 당신을 좋아하는 것 같아요. 그녀가 말했다. 하지만 누가 안 그러겠어요, 흠? 차 가지고 왔지요? 그냥 둘이서 산타모니카로 내려가서 저녁을 먹으면 어때요?

─테디는 빼고 말씀이세요?

─완전히 빼고요.

─그럼 전화를 해야지요.

─달링, 그건 자기가 해야 해요. 그녀가 부드럽게 말했다.

켁은 전화기 옆에 앉았지만 무슨 말을 해야 좋을지 몰랐다.

스타의 눈

— 여보세요, 테디? 부스예요. 아니요, 아직 호텔에 있어요. 그가 말했다. 있잖아요, 데보라의 개가 아파서 저녁 식사에 못 갈 것 같아요. 오늘 저녁은 취소하는 게 좋겠어요.

— 개요? 어디가 아픈데요? 테디가 물었다.

— 아, 계속 토하고 걷지를…… 잘 걷지를 못해요.

— 그러면 수의사에게 가봐야겠네요. 좋은 수의사를 알아요. 잠깐만, 내가 번호를 가져올게요.

— 아니, 괜찮아요. 켁이 말했다. 벌써 불렀어요. 호텔에 물어봐서 구했어요.

— 아, 내가 걱정하더라고 전해줘요. 다른 수의사 전화번호가 필요하면 연락주세요.

전화를 끊고 켁이 말했다.

— 됐어요.

— 나만큼 거짓말을 잘하는군요.

그녀는 와인을 따랐다.

— 아니면 다른 걸로 하겠어요? 그녀가 다시 물었다. 여기서 마시거나, 거기서 마셔도 돼요.

— 거기가 어딘데요?

— 랭크스 알아요? 바닷가에 있는. 거기 가본 지가 언제인지 기억도 안 날 정도예요.

아직 밤이 오기 전이었다. 하늘은 짙고 깊은 푸른색이었고, 구름 한 점 없이 넓었다. 바닷가로 가는 동안 그녀가 옆에 앉아 있었다. 우아한 목선과 뺨, 그리고 향수 냄새. 갑자기 제비

족 같다는 생각이 들었다. 그녀는 여전히 미모였다. 몸매도 젊어 보였다. 몇 살일까? 적어도 쉰다섯은 됐을 테지만 주름 하나 없었다. 아직 여신이었다. 한때는, 그녀와 함께 저녁을 보내려고 윌셔 가를 드라이브한다는 건 꿈도 꾸지 못할 일이었다.

— 담배 안 피우죠? 그녀가 물었다.

— 안 피웁니다.

— 잘됐네요. 난 담배가 너무 싫어요. 닉이 밤낮으로 피워 댔죠. 물론 그래서 죽었고요. 그건 정말 사람이 볼 게 못 돼요. 뼈까지 번지면 통증을 멈출 길이 없어요. 정말 끔찍해요. 아, 다 왔네요.

파란색 네온사인이 간판이었는데 첫 글자인 F가 없었다. 그렇게 된 지는 오래되었다. 안은 어둡고 시끄러웠다.

— 프랭크 있어요? 데보라가 웨이터에게 물었다.

— 잠깐만요. 그가 말했다. 가서 보고 올게요.

그녀가 바를 지나가자 사람들이 고개를 돌려 쳐다봤다. 거만한 걸음걸이에 먼저 눈이 갔고, 그 다음에 그녀를 알아봤다. 몇 분이 지나서 넥타이 없이 셔츠를 입은 젊은 남자가 그들이 앉아 있는 자리로 왔다.

— 프랭크를 찾으시나요? 그가 말했다. 그들을 알아봤으나 섣불리 아는 척은 하지 않았다. 프랭크는 이제 여기 없다고 했다.

— 어떻게 된 건가요? 데보라가 말했다.

— 여길 팔았어요.

— 언제요?

— 1년 반 전에요.

데보라가 고개를 끄덕였다.

—그럼 이름을 바꾸든지 해야 하지 않나요? 그녀가 말했다. 그래야 사람들이 속지 않죠.

—그게, 이곳의 이름은 언제나 같았고요. 메뉴도, 주방장도 모두 그대로입니다. 그가 성의껏 설명했다.

— 잘됐네요. 그녀가 말했다. 그러더니 켁을 바라보았다. 갑시다.

— 제가 뭔가 잘못 말씀을 드렸나요? 새 주인이 물었다.

— 아마도요. 그녀의 대답이었다.

테디는 전화를 걸어 예약을 취소했다. 개가 어디가 아픈 걸까 궁금했다. 이름까지는 생각이 나지 않았지만 상관없었다. 그 개는 촬영장에서 제 침대에 누워 발 위에 머리를 얹고 사람들을 보았다. 테디도 오랫동안 개를 키웠었다. 에바라는 이름의 잉글리시 퍼그였다. 벨벳 같은 살엔 온통 주름이 잡혔고 눈이 튀어나온, 우스꽝스럽게 생긴 개였다. 나중엔 귀도 먹고, 눈도 거의 멀었다. 걷지도 못해서 팔에 안고 정원으로 나가야 했다. 그러면 다리를 부들부들 떨면서 물기도 초점도 없는 눈으로 힘없이 테디를 올려다봤다. 나중엔 어쩔 수가 없어서 수의사에게 개를 데려다주기로 했다. 테디는 울면서 개를 안고 들어갔다. 수의사는 눈물을 못 본 체하고 대신 늙은 개에게 인사를 했다.

— 안녕, 공주님. 의사가 다정하게 말했다.

테디는 상아 티스푼으로 캐비아를 토스트에 얹어 먹었다. 부엌에 들어가 삶은 계란 으깬 것을 거실로 가져왔다. 보드카도 좀 마시기로 했다. 냉동실에 한 병이 있었다.

레몬즙을 뿌리고 계란을 얹어 캐비아를 좀 더 먹었다. 혼자 먹기엔 너무 많았다. 나머지는 다음 날 촬영장에 갖고 가야겠다고 생각했다. 이제 촬영일도 2주밖엔 남지 않았다. 촬영이 끝나면 잠깐 여행이라도 다녀올까 싶었다. 친구들이 바하^{멕시코 북서부에 위치한 휴양지}에 간다는데 거길 갈까 생각했다. 바하에는 열여섯 살 때 간 적이 있었다. 멕시코에선 술도 마시고 뭐든 할 수 있었지만, 그때는 벌써 침대를 따로 쓰는 날이 많았다. 베니스 블루바드에 있는 아파트엔 트윈베드가 있었고, 그해 여름 말리부에 있는 집을 빌려 지냈다. 촬영 때문에 6주간 집을 비운, 어떤 배우의 집이었다. 나뭇잎이 무성한 오솔길을 따라 내려가면 해변이 나왔다. 그해 여름 테디는 비키니를 입지 않았다. 부끄러워서였다. 똑같은 까만 원피스 수영복만 매일 입었고, 그해 가을엔 낙태수술을 받았다.

돌아오는 길, 차창에 나방이 붙어 있었다. 시속 65킬로미터 정도로 가고 있었는데, 나방은 깊은 밤 속으로 밀려나지 않으려는 듯 그 거센 바람 속에서 날개를 퍼덕였다. 유리창에 두터운 회색빛 재처럼 찰싹 달라붙어 있었지만 계속 떨렸다.

스타의 눈

— 뭐하는 거예요? 그녀가 말했다.

퀵이 차를 길가에 세웠다. 그는 손을 뻗어 나방을 조금 밀었다. 갑자기 나방이 어둠 속으로 날아갔다.

— 불교 신자라도 되나요?

— 아뇨, 그가 말했다. 우리가 가는 방향으로 가고 싶은 건가 해서요.

잭스에서 그들은 바로 좋은 테이블을 받았다. 여기 살면서 영화를 찍을 때 그녀는 항상 이곳에 왔었다고 했다.

— 다 봤습니다. 퀵이 말했다.

— 뭐, 당연히 그래야죠. 좋은 영화들이니까. 하지만 그땐 어렸겠죠? 지금 몇 살이에요?

— 마흔셋입니다.

— 마흔셋. 나쁘지 않죠. 그녀가 말했다.

— 저는 묻지 않겠습니다.

— 예의를 지켜야죠. 그녀가 경고했다.

— 몇이시든 그렇게 안 보입니다. 서른 정도로밖에 안 보여요.

— 고마워요.

— 정말로, 놀라울 정도예요.

— 너무 놀라진 마세요.

억양은 도대체 뭘까? 영국 억양일까 아니면 상류층의 나른한 억양일까? 그땐 달랐다고 그녀가 말했다. 그땐 천재가 있었고, 위대한 감독이 있었다고 했다. 존 휴스턴, 빌리 와일더,

앨프리드 히치콕, 그 사람들에게서 많은 걸 배웠다고.

— 왜인지 알아요? 그녀가 말했다. 그분들은 실제로 삶을 살았어요. 영화만 보면서 자란 게 아니라. 전쟁에도 갔었다고요.

— 히치콕이었나요?

— 휴스턴, 포드.

— 닉과는 어떻게 만나셨어요? 켁이 물었다.

—그 사람이 내 사진을 봤어요. 그녀가 말했다.

— 정말이에요?

— 흰 수영복을 입은 사진. 아니, 사실은 누가 지어낸 말이에요. 사람들은 별의별 말을 다 지어내요. 사실은 작은 레스토랑에서 했던 파티에서 만났어요. 난 열여덟이었죠. 닉이 춤을 추자고 했어요. 그러다 귀고리를 한 짝 흘렸고, 찾아봤지만 못 찾았어요. 그런데 찾을 거라고 다음 날 전화하라고 했어요. 알겠지만 그는 신 중에서도 최고신이었잖아요. 성격이 급했죠. 어쨌든 내가 전화를 했어요. 그랬더니 집으로 오라고 했지요.

켁은 그녀의 모습을 그려봤다. 열여덟 살, 그래도 순진했던, 앞길이 창창하던 여자. 벗은 몸을 봤다면 평생 잊을 수 없는, 그런 부류의 여자.

—그래서 가셨군요.

— 집에 가니까 샴페인 한 병을 준비해놓고, 침대는 커버를 벗겨놓았더군요.

—그래서 그날 그렇게……?

—그렇진 않았어요. 그녀가 말했다.

— 어떻게 됐는데요?

—그에게 말했죠. 고맙지만 귀고리만 달라고.

— 정말인가요?

— 봐요. 그 사람은 그때 마흔다섯이고, 난 열여덟이었어요. 좀 더 두고 보자고, 커튼을 그렇게 빨리 올리지 말자는 거였지요.

— 커튼이요?

— 무슨 뜻인지 알잖아요. 게다가 닉은 여자가 꽤 많았어요. 그것도 해결을 해야 했고요. 그녀가 말했다.

그녀는 의미 있는 눈길로 그를 보았다.

— 당신네 남자들은 젊은 여자만 보면 환장을 하지요. 에로틱한 장난감이라도 되는 줄 알고. 진짜 여자를 못 만나 그래요. 그건 정말 다르지요.

— 다르다.

그녀가 콧구멍을 벌름거렸다.

— 진짜 여자는 여기 있어요. 그녀가 말했다.

— 무슨 말씀이신지 잘 모르겠는데요.

— 몰라요? 왜, 알 텐데.

잠시 후에 그녀가 말했다.

—그래서, 오늘 와이프는 어디 있어요?

— 밴쿠버에 갔어요. 동생을 보러.

— 밴쿠버까지 갔군요.

— 예.

— 멀리 갔네요. 내가 그동안 배운 게 뭔지 알아요? 그녀가 말했다.

— 정말 함께 있고 싶은 사람하고는 함께 있지 않게 된다는 거. 언제나 그렇지 않은 사람과 있게 되지요.

어떤 연극의 대사인 것 같았다.

— 예를 들어 저 말인가요?

— 아니, 자긴 아니죠. 적어도 난 그렇지 않아요.

그는 불편해졌다. 뭐지요? 뭐가 두려운 거예요? 그녀는 이렇게 말할 것이다. 아니요, 왜요? 당신이 두려운 것 같은데.

뱃속에 돌멩이가 든 것 같았다. 뭔가요, 당신 와이프? 그녀가 이렇게 물을 것이다. 아, 맞아요. 잊었어요, 내 와이프. 항상 와이프가 문제지요.

데보라가 화장실에 갔다.

— 여보세요, 테디? 켁이 휴대전화에 대고 말했다. 그냥 전화했어요.

— 어디 있어요? 어떻게 됐어요? 개는 괜찮아요?

— 예, 개는 괜찮아요. 지금 레스토랑에 있어요.

— 음, 좀 늦었네요……

— 꼼짝 안 해도 돼요. 내가 알아서 할게요. 내가 할 수 있어요.

— 그 여자 얌전히 구나요?

스타의 눈

— 이 여자요? 말을 하자면요, 누굴 좋아하면 더 심해져요.

— 무슨 뜻이죠?

— 더 얘기 못해요. 여자가 와요. 여기 있지 않은 걸 다행으로 아세요.

테디는 전화를 끊고 혼자 앉았다. 보드카를 마셨더니 기분이 좋았고 그들이 어디 있는지조차 궁금하지 않았다. 의자는 푹신했다. 유리문 너머로 보이는 정원은 이제 어두웠다. 특별한 생각은 하지 않았다. 익숙한 가구와 꽃과 전등을 둘러봤다. 무슨 이유에서인지 그녀는 자기 인생에 대해 생각했다. 자주 하지는 않는 일이었다. 그녀는 좋은 집을 갖고 있었다. 크지는 않았지만 혼자 살기에 완벽했다. 잔디밭 어느 지점에 서면 바다도 조금 보였다. 가정부 방과 손님방도 있었다. 손님방의 옷장은 자기 옷으로 가득 차 있었다. 그녀는 물건을 잘 버리지 못했고, 갖가지 상황에 맞는 옷들이 골고루 걸려 있었다. 그런 상황은 이미 다 지나버렸을지 몰랐지만 그래도 아름답게 잘 만들어진 걸 쓰레기통에 버리긴 싫었다. 줄 사람도 없었다. 가정부에겐 소용이 없겠고, 그런 옷을 입겠다는 사람도 없을 터였다.

돌아보니 결혼생활은 좋았다. 마이론 허시는 쓸 수 있는 것보다 더 많은 재산을 남겨주고 갔다. 그 외에도 그녀는 성공했다. 별 재능도 없는—정말 그럴까? 자신을 과소평가하는 건 아닐까?— 여자로서 괜찮은 편이었다. 어떻게 시작했는지

41

기억을 더듬었다. 차 뒷좌석에 뒹굴던 맥주병들이 떠올랐다. 그녀는 열다섯이었고 그는 매일 아침 그녀의 몸을 안았다. 그 때는 그게 삶의 시작이었는지, 아니면 삶을 망치고 있는 건지 알지 못했다. 하지만 그녀는 그를 사랑했고 영원히 잊을 수 없을 것이다.

나의 주인, 당신

그녀가 개를 쫓아
뛰기 시작했다. 워렌이 보고 있었다.
그녀는 자유로워 보였다.
다른 여자, 젊은 여자처럼 보였다.
바닷가 흙먼지 나는 벌판에서 보는
그런 여자, 비키니를 입고
맨발로 감자를 훔치는 그런 여자.

커피 자국으로 얼룩진 식탁 위엔 구겨진 냅킨이 뒹굴었다. 와인 잔엔 아직도 어두운 색의 잔재가, 접시 위엔 딱딱하게 굳은 브리 치즈 조각이 남아 있었다. 푸른 기가 감도는 창문 너머로 여름 아침의 새소리가 들렸고, 그 밑으로 정원이 미동조차 없이 누워 있었다. 날이 밝았다. 한 가지만 제외하면 성공적인 밤이었다. 브레넌만 제외하면.

처음에 그들은 노을 아래 둘러앉아 술을 마시다가 안으로 들어갔다. 부엌에는 커다란 원탁과 벽난로가 있었고, 선반 위엔 갖가지 재료가 놓여 있었다. 딤스는 요리를 잘하기로 유명했다. 어딘가 알 수 없는 여자친구인 아이린은 미소조차 알수 없는 분위기를 풍겼다. 그녀 역시 요리를 잘했지만, 둘이함께 요리를 하는 일은 없었다. 그날 저녁은 딤스의 차례였다.

그는 화장품 용기처럼 생긴 하얀 그릇에 캐비아를 담아 내왔다. 작은 은제 티스푼과 함께.

— 이걸 먹는 유일한 방법은, 옆모습만 보인 딤스가 이렇게 중얼거렸다. 그는 사람을 제대로 쳐다보는 법이 없었다. 앤티크 은제 티스푼뿐이야. 아디스는 이 말을 들었다. 딤스가 실수처럼 작게 말해버리고 아무도 듣지 못했을 거라 생각한 말이었다.

아디스는 놓치는 것이 없었다. 그녀 부부가 딤스를 안 지는 꽤 되었지만 그동안 집에 와본 적은 없었다. 저녁을 먹으러 모두 식당으로 들어갔을 때, 그녀는 사진이며 책이며 장식 선반 위의 물건들까지 빼놓지 않고 훑어봤다. 완벽하게 빛나던 조개껍질까지. 한편으론 보통 남의 집이 그렇듯 낯설었지만, 반쯤은 낯이 익은 느낌이었다.

자리 배정에 실수가 있었고, 식사를 시작하기 전에 아이린이 바로잡으려 했지만 허사였다. 대화는 벌써 시작되었다. 밖엔 짙은 녹색의 어둠이 내려와 있었다. 남자들은 어렸을 때 소나무가 많은 메인 주로 캠프 갔던 일이며, 금융가 소로스에 대한 얘기를 했다. 아디스는 이보다 훨씬 흥미로운 얘기가 아이린의 입에서 흘러나오는 걸 들었다. 어떤 맥락이었는지는 모르겠는데 아이린은,

— 내 생각에 한 남자와 자야 하는 횟수엔 제한이 있는 것 같아요. 라고 말했고,

— 있다고 했어요? 아니면 없다고 했어요? 아디스는 자기

도 모르게 이렇게 물었다.

아이린은 그저 웃었다. 아디스는 나중에 물어봐야겠다고 생각했다. 음식은 훌륭했다. 차가운 수프와 오리고기, 그리고 어린 채소 잎으로 만든 샐러드였다. 이어 커피가 나왔고, 아디스는 초에서 녹아 흐른 밀랍을 만지작거렸다. 뒤에서 쩌렁거리는 목소리가 들린 건 그때였다.

— 내가 늦었군. 이게 다 누구지? 이 아름다운 사람들이?

술에 취한 남자였다. 재킷에 흰 바지를 입었는데, 더러워진 바지엔 피가 묻어 있었다. 두 시간 전에 면도를 하다가 입술의 살점을 베었다. 머리는 젖었고, 얼굴엔 오만한 기운이 흘렀다. 섭정기의 공작과도 같은 얼굴이었다. 위협적이고 버릇없는. 이성을 비껴간 광기가 얼굴에서 번득였다.

— 여기 마실 것 없나? 이게 뭐지, 와인? 늦어서 미안하네. 코냑 일곱 잔 마시고 마누라에게 안녕을 하고 왔어. 딤스, 그게 어떤지 자네도 잘 알지 않나. 나한텐 자네밖에 없어. 알고 있어? 하나뿐인 친구라고.

— 저기 음식이 좀 남았어. 원한다면. 딤스가 부엌 쪽으로 손짓을 하며 말했다.

— 저녁은 됐어. 나 저녁 먹었어. 그냥 마실 거나 줘. 딤스, 자넨 내 친구야. 하지만 내 말 잘 들어. 자넨 결국 내 적이 되고 말 거야. 오스카 와일드 알지. 내가 가장 좋아하는 작가. 이 세상에서 제일 좋아하는. 그가 그랬지. 누구나 친구를 고를 수는 있지만, 현명한 사람만이 자신의 적을 고른다고.

그는 딤스를 뚫어져라 보았다. 분노에 찬 광인이 뭔가를 움켜쥐는 듯한 시선이었다. 입은 무언가 결심한 사람처럼 다물어졌다. 그가 부엌으로 들어가자 병이 쩽그랑거리는 소리가 났다. 잠시 후 위험할 정도로 가득 채운 잔을 들고 나타나더니 뻔뻔스레 주변을 둘러봤다.

— 베아트리스는 어디 있지? 딤스가 물었다.

— 누구?

— 베아트리스, 자네 와이프 말야.

— 갔지. 브레넌이 답했다.

그는 앉을 의자를 찾고 있었다.

— 아버지를 뵈러 갔나요? 아이린이 물었다.

— 왜 그런 생각을 했지? 브레넌이 협박조로 말했다. 그러다 브레넌이 옆에 앉았고 아디스는 가슴이 철렁했다.

—그동안 병원에 계셨잖아요. 맞죠?

— 어디 있는지 알게 뭐야. 브레넌이 험악하게 말했다. 돼지 같은 놈이야. 부정 축재자. 빈민촌을 소유한 범죄자라고. 나라도 목매달아 죽이겠어. 독재자 고메즈^{미국 정부의 지원을 받아 베네수엘라를 외국 자본의 착취로 이끈 후안 고메즈 정권의 수뇌} 식으로 말야. 그 딸들도 아마 상당한 재산가들이었지.

그는 아디스를 보더니, 마치 누군가를 흉내 내듯, 자기가 아디스인 것처럼 흉내를 내며 말했다.

— 완전 웃기지 않아요? 완전 멋지지 않아요?

다행히도 그는 고개를 돌렸다.

나의 주인, 당신

— 나야말로 그 인간들의 유일한 희망이지. 브레넌이 아이린에게 말했다. 난 그 사람들 돈으로 살고 있고, 그건 망조야. 나의 종말이지. 그는 잔을 내밀며 조용히 말했다. 얼음 좀 줄래요? 난 우리 와이프를 아주 좋아해요. 그가 아디스에게 털어놨다. 우리가 어떻게 만나는지 알아요? 상상도 못하죠. 베아트리스가 해변을 지나가고 있을 때 난 준비가 안 됐었죠. 복부와 등지느러미를 봤고, 나머지는 상상했죠. 빠방! 우린 행성이 부딪치듯 그렇게 만났어요. 끝없는 정사의 시작. 난 어떤 땐 그냥 누워 그녀를 관찰했어요. *검은 판다가 장미 나무 밑에 누워 있다.*^{미국의 모더니즘 시인 에즈라 파운드가 50여 년에 걸쳐 쓴 장문의 시 「칸토스」에 등장하는 구절} 그가 암송을 했다. *J'ai eu pitié des autres……*^{나는 다른 이들을 불쌍히 여겼으니……}.

그는 아디스를 뚫어지게 쳐다봤다.

— 무슨 뜻이죠? 그녀가 머뭇거리며 물었다.

— ……*그러나 아이는 그녀의 성당에서 평화롭게 걸었다.* 그가 읊었다.

— 와일드인가요?

— 몰라요? 파운드잖아요. 금세기 유일한 천재. 아니, 유일하진 않지. 나도 있으니까. 주정뱅이, 낙오자, 그리고 위대한 천재! 그런데 당신은 누구요? 그가 말했다. 당신도 주부요?

아디스는 얼굴에서 피가 빠져나가는 것 같았다. 일부러 일어나 식탁을 치우는 걸 도왔다. 브레넌이 그녀의 팔을 잡았다.

— 가지 말아요. 당신이 누군지 내가 알죠. 곧 시들게 될, 또 한 명의 값비싼 여자. 아름다운 몸매에, 그녀가 가까스로 그의 팔에서 벗어나는데 그가 말했다. 아름다운 구두.

접시를 부엌으로 나르는데 뒤에서 그가 하는 말이 들렸다.

— 이런 파티에 많이 가지 않는 편입니다. 안 불러주니까요.

— 알 수 없는 일이네요. 누군가 중얼댔다.

— 하지만 딤스는 내 친구죠. 내 가장 친한 친구.

— 도대체 누구예요? 아디스가 부엌에서 아이린에게 물었다.

— 아, 시인이에요. 베네수엘라 여자와 결혼했는데, 여자가 도망갔어요. 항상 저렇지는 않아요.

저쪽 방에선 그를 진정시킨 것 같았다. 아디스는 남편이 초조하게 손가락 하나로 잔을 코까지 밀어 올리는 것을 봤다. 헝클어진 머리에 폴로셔츠를 입은 딤스가 브레넌을 뒷문으로 이끌었다. 브레넌이 말을 하려고 자꾸 멈춰 섰다. 잠시 나아진 것 같기도 했다.

— 내 말 좀 들어봐. 그가 말했다. 내가 학교 앞을 지나는데 말이야, 저 길가에 학교 있잖아. 포스터가 붙어 있더라고. 제 1회 미스 씹 콘테스트라고. 정말이야. 사실 그대로라고.

그만, 그만해. 딤스가 말했다.

— 벌써 열렸더라고. 언제였는지는 모르겠지만. 문제는 사람들이 결국 정신을 차리고 있는 거냐, 아니면 잃고 있는 거냐, 그거야. 조금만 더 줘. 그가 구걸하듯 말했다. 그의 술잔

은 비어 있었다. 잔을 다시 더블로 채워 끝까지 마시더니 말했다. 진짜로, 어떻게 생각하느냐고?

부엌의 불빛 아래에서 보니 그는 밤새 일한 기자처럼 그냥 초췌한 것 같기도 했다. 그에게서, 그 노려보는 눈빛에서 이성을 찾을 수 없다는 사실이 심란했다. 그의 한쪽 콧구멍은 다른 쪽보다 작았다. 그는 자기가 막무가내라는 사실에 익숙했다. 아디스는 그가 자기를 보지 않기를 바랐다. 그의 이마엔 유난히 반짝이는 두 부분이 있었다. 뿔이 돋아나려는 듯했다. 남자들은 그들을 무서워하는 여자에게 끌리는가?

아디스는 그의 시선을 느꼈다. 침묵이 흘렀다. 브레넌이 협박조의 거지처럼 거기 서 있는 걸 느꼈다.

— 당신 도대체 뭐야? 또 부르주아야? 그가 그녀에게 말했다. 술 좀 마신 거 나도 알아. 와서 저녁이나 하자구. 그가 말했다. 내가 좋은 걸 많이 주문했어. 우릴 위해서 말야. 비시스와즈, 프랑스 스타일의 차가운 수프 바닷가재, S. G.라고 언제나 메뉴판엔 그렇게 씌어 있지. 셸롱 그로세르. 크기에 따라서

그는 아무렇지도 않게 말했다. 카지노에서 앞에 칩을 잔뜩 쌓아두고 어디에 돈을 걸까 열띠게 토론을 하는 상황이라면 까만 티셔츠 밑으로 솟은 그녀의 젖가슴은 관심사가 아닐 터였다. 그런 식으로 무관심하게, 그는 조용히 팔을 뻗어 그녀의 한쪽 가슴을 만졌다.

— 나 돈 있어. 그가 말했다. 브레넌의 손이 그 자리에 그대로 남아서 컵 모양으로 오므려졌다. 아디스는 너무 놀라서 움

직일 수가 없었다. 내가 더 해줄까?

— 아뇨. 그녀는 가까스로 말했다.

그의 손이 히프로 내려갔다. 딤스는 그의 한쪽 팔을 잡아채 아디스로부터 떼어냈다.

— 쉬, 브레넌이 그녀에게 속삭였다. 아무 말도 하지 마. 우리 둘. 마치 물속으로 미끄러져 내려가는 노처럼.

— 자, 가자고. 딤스가 재촉했다.

— 뭐 하는 거야? 자네 또 술수를 부리는 거야? 브레넌이 소리를 질렀다. 딤스, 난 자네를 파멸시켜버릴 거라고!

문으로 밀려 나가면서도 그는 계속했다. 딤스는 그가 혐오하지 않는 유일한 사람이었다고 말했다. 모두 자기 집으로 오라고 했다. 없는 게 없다고. 축음기도 있고 위스키도 있었다! 금시계도!

결국 그가 집 밖으로 나갔다. 짧게 깎은 잔디 위를 비틀거리며 걸어 차로 갔다. 차의 옆구리는 움푹 꺼져 있었다. 차가 크게 한 번 휘청이더니 후진해서 떠났다.

— 카토스에 가는 걸 거야. 딤스가 추측했다. 전화를 걸어서 알려줘야겠어.

— 들여보내지도 않을 거예요. 외상값이 있어요. 아이린이 말했다.

— 누가 그래?

— 바텐더가 그랬어요. 괜찮아요? 아이린이 아디스에게 물었다.

나의 주인, 당신

— 괜찮아요. 저 사람 결혼한 거 맞아요?

— 서너 번 결혼했었어요. 딤스가 말했다.

나중에 그들은 춤을 추기 시작했다. 여자들끼리도 추었다. 아이린은 딤스를 끌어냈다. 그는 빼지 않고 나왔다. 딤스는 춤을 꽤 잘 추었다. 아이린은 팔을 물결 모양으로 흔들면서 노래를 불렀다.

— 잘하네. 그가 말했다. 연예인이라도 했었어?

그녀는 웃었다.

— 항상 최선을 다하지요. 그녀가 말했다.

파티가 끝날 즈음 그녀는 아디스의 팔에 손을 얹고 다시 말했다.

—그런 일이 있다니 너무 당황스럽네요.

— 별일 아닌데요, 뭐. 난 괜찮아요.

— 내가 끌어내 집 밖으로 던져버렸어야 했는데. 집에 가는 길에 아디스의 남편이 말했다. 에즈라 파운드. 당신 에즈라 파운드에 대해 알아?

— 아니.

— 반역자였어. 전쟁 중에 적을 위한 방송을 했어. 총살했어야 했는데.

— 어떻게 됐는데?

— 시 문학상을 줬지.

그들은 길고 텅 빈 길을 따라 내려갔다. 길 한구석에 나무에 반쯤 가려진 작은 집 한 채가 있었다. 아디스는 집시의 집이라 생각했다. 마당에 펌프가 있는 허름한 집이었다. 낮에 가끔씩 아주 짧은 청바지를 입은 젊은 여자가 하이힐을 신고 나와 빨래를 널곤 했다. 오늘 밤엔 창에 불이 켜져 있다. 바다 가까이에 있는 유일한 빛이었다. 그녀가 운전을 했고 옆에 앉은 워렌이 말했다.

— 오늘 밤 일은 그냥 잊어버리는 게 최고야.

— 맞아. 그녀가 말했다. 아무 일도 아냐.

브레넌은 새벽 2시경 헐 레인 위에서 남의 집 울타리를 뚫고 그 집 잔디 위로 들어갔다. 도로가 왼쪽으로 꺾이는 곳에서 커브를 틀지 않은 것이다. 아마도 헤드라이트를 켜지 않고 운전했기 때문이라고 경찰은 추측했다.

그녀는 책을 들고 창가로 가서 도서관 뒤편의 정원을 내려다봤다. 그녀는 이것저것 조금씩 읽다가 시 한 편을 읽게 되었다. 시의 곳곳엔 밑줄이 그어져 있었고, 여백엔 연필로 메모가 적혀 있었다. 「강상의 아내^{The River-Merchant's wife}」라는 시였는데, 남편을 향한 부인의 애정과 그리움을 읊은 이백의 시 「장간행長干行」을 에즈라 파운드가 번안한 시 한 번도 들어본 적이 없었다. 창밖으론 여름이 분필처럼 하얗게 타들어갔다.

열네 살에 나의 주인 당신과 결혼했어요.

나는 수줍어 한 번도 웃지 않았어요.

나의 주인, 당신

노인 세 명이 싸늘한 열람실에 앉아 신문을 읽었다. 그중
한 명은 앞이 거의 보이지 않는 듯했다. 그 노인의 두꺼운 안
경알이 뺨 위에 하얀 달을 두 개 그렸다.

올 가을엔 낙엽이 일찍 바람에 집니다.
아직 팔월인데 서편 뜰 잔디는
쌍쌍이 나는 나비들로 노랗게 되었어요.
그걸 보는 이 마음은 저리고, 내 얼굴은 늙어갑니다.

그녀도 시를 읽은 적이 있고 아마 이런 식으로 표시를 하
곤 했을지도 모르지만, 그건 학교 다닐 때였다. 배운 것 중에
생각나는 것은 별로 없었다. '나의 주인'도 한 사람 있긴 했지
만 그와 결혼하지 않았다. 그때 그녀는 스물하나였고, 뉴욕에
온 지 1년이 채 안 됐었다. 58번가의 짙은 갈색 벽돌 건물이
기억났다. 블라인드 사이로 가늘게 배어 들어오는 오후 햇살
과 의자 위나 바닥에 떨어진 드레스, 그리고 축축한 반복 동
작. 머리가 멍해지도록. 그거, 또는 그에게, 또는 뭐라도 상관
없는. 아, 아, 아, 아, 아, 아. 창밖의 차 소리는 너무도 희미했
다. 너무도 멀었다……
   지난 몇 년간 그에게 몇 번 전화를 걸었다. 사랑은 사라
지는 게 아니라 믿으며, 바보처럼 다시 만날 수 있을 거라 꿈
꾸며, 오래된 노래가 떠오르듯 그렇게 돌아올 거라 생각했다.
급하게, 정오의 거리를 뛰다시피 내려가는 그녀의 하이힐 소

리, 그러고는 아파트의 문이 열릴 것이다……

키앙 강 협곡을 따라 내려오실 양이면,
부디 미리 알려주세요.
멀리 장풍사長風沙,양쯔강 하류 안휘성 주변 지역까지
당신을 맞으러 나갈 테니까요.

창가에 앉은 그녀의 젊은 얼굴엔 권태 섞인 피곤함이, 심지
어 약간의 염증까지 묻어 있었다. 사람들이 자기 자신의 얼굴
을 떠올리면 떠오를 만한 얼굴이었다. 한동안 앉아 있던 그녀
는 안내 데스크로 갔다.
　─ 혹시 마이클 브레넌이 쓴 책들이 있나요? 그녀가 물
었다.
　─ 마이클 브레넌. 여자가 말했다. 있었는데요, 쓸데없는 사
람들이 읽는다면서 그 작가가 다 가져가버렸어요. 아마 지금
은 없을 거예요. 그분이 뉴욕에서 돌아오면 아마…….
　─ 뉴욕에 사나요?
　─ 바로 저 밑에 살아요. 예전엔 그 책들이 다 있었는데. 그
분을 아세요?
　더 묻고 싶은 것들이 있었지만 그녀는 고개를 저었다.
　─ 아뇨. 그녀가 말했다. 그냥 이름만 들었어요.
　─ 시인이에요. 여자가 말했다.

나의 주인, 당신

그녀는 혼자 해변에 갔다. 해변엔 사람이 거의 없었다. 수영복을 입은 몸을 뒤로 젖히고 얼굴과 무릎을 볕에 쬐었다. 날은 더웠고 바닷물은 잔잔했다. 파도가 와서 부딪히는 모래 언덕 옆에 누워 있는 것이 좋았다. 파도 부서지는 소리가 교향곡의 피날레 같았다. 끝나지 않고 계속되는 게 달랐지만. 세상에 그만큼 괜찮은 것도 없었다.

물에서 나와 집시 여자처럼 몸을 말렸다. 모래가 발목까지 두껍게 묻었고, 햇살이 어깨를 문질렀다. 심연 같은 대낮에 깊숙이 몸을 담근 채, 젖은 머리의 그녀가 자전거를 끌고 길을 올라갔다. 발밑에 밟히는 흙이 벨벳 같았다.

집으로 돌아가는 길, 항상 가는 길로 가지 않았다. 길은 텅 비었고, 정오는 짙은 녹색으로 빛났다. 나무 사이로 널찍한 농장과 커다란 집들이 기억처럼 뒤로 물러섰다.

그녀는 그 집을 알고 있었고, 멀리서 봤다. 이상하게 심장이 뛰었다. 반쯤 걸터앉은 자전거를 한쪽으로 기울인 채 잠시 쉬어가듯 자연스레 멈춰 섰다. 하얀 셔츠를 입고 다리를 드러낸, 혼자 있는 여자는 얼마나 아름다운가. 자전거의 체인을 조정하는 척하면서 그녀는 집을 살폈다. 수직으로 길쭉한 창문이 난 집이었고, 지붕엔 물 얼룩이 있었다. 정원사의 오두막도 있었는데, 버려진 듯했다. 잡풀이 오두막으로 난 길을 뒤덮었고, 길게 난 진입로와 바다가 보이는 포치, 모두 텅 비어 있었다.

그녀는 천천히, 스스로 대담하다 여기면서 집 쪽으로 걸었다. 창문으로 안을 들여다보고 싶었다. 그뿐이었다. 사방이 고요했지만, 완전한 부동이란 불가능했다.

계속해서 걸어가는데 집 옆쪽의 포치에서 갑자기 누군가 일어났다. 순간 그녀는 몸이 얼어붙은 듯 소리를 낼 수도, 움직일 수도 없었다.

개였다. 그녀의 허리 높이보다 큰, 노란 눈의 커다란 개가 그녀 쪽으로 다가오고 있었다. 그녀는 원래 개를 무서워했다. 언젠가 셰퍼드가 갑자기 그녀의 대학 룸메이트를 덮쳐 머리의 살점을 물어뜯은 적이 있었다. 그만한 개였다. 머리를 낮추고 천천히, 그리고 신중하게 걸었다.

두려움을 보이면 안 된다는 걸 그녀는 알고 있었다. 조심스레 자전거를 틀어 앞을 가로막았다. 개는 몇 미터 거리를 두고 멈춰 섰다. 개는 두 눈으로 그녀를 똑바로 보았다. 햇빛이 개의 등줄기를 따라 빛났다. 그녀는 어찌해야 좋을지 몰랐다. 갑자기 뛰어들면 어쩌지.

— 착하지. 그녀가 말했다. 생각해낸 건 그것뿐이었다. 착하지.

조심스럽게 몸을 움직여 자전거를 길 쪽으로 돌렸다. 무서워하지 않는 척하려고 고개를 함께 돌렸다. 드러난 다리가, 종아리의 맨살이 신경이 쓰였다. 낫으로 벤 것처럼 살이 찢길지도 몰랐다. 개는 기계처럼 어깨를 움직이며 그녀를 따라왔다. 어찌어찌 용기를 내서 자전거에 올라탔다. 앞바퀴가 크게 휘청였다. 개가 거의 손잡이까지 가까이 다가왔다.

─ 안 돼, 그녀가 소리쳤다. 안 돼!

잠시 후 개는 말을 알아들은 것처럼 걸음이 느려지더니 다른 쪽으로 갔다. 이윽고 개가 보이지 않았다.

그녀는 뭔가에서 풀려나듯 자전거를 달렸다. 햇살을 뚫고 높게 날듯, 장엄한 나무의 터널을 지나 힘껏 달렸다. 다시 개가 나타났다. 앞서 가고 있었으니 엄격히 말해서 따라온 건 아니었다. 오후 햇살에 불이 난 듯 벌겋게 타는 벌판을 따라 개는 날아가듯 달렸다. 집으로 가는 길이 나와 방향을 틀었다. 개가 뒤에서 쫓아왔다. 개의 발톱 소리가 돌멩이들이 굴러 떨어지는 소리 같았다. 그녀는 뒤를 돌아보았다. 개는 몸집이 큰 남자가 빗속을 달리듯 어색하게 뛰고 있었다. 침이 한 줄 턱에서 흘러내렸다. 집에 다 왔을 때 개는 보이지 않았다.

그날 밤 아디스는 하얀색 가운을 입고 잘 준비를 했다. 욕실 문 사이로, 얼굴을 씻고 머리를 빠르게 빗어 내렸다.

─ 피곤해? 욕실에서 나오는 그녀에게 남편이 물었다.

그게 자기가 피곤하다는 얘기를 하는 방법이었다.

─ 아니, 그녀가 말했다.

멀리 파도 소리가 들리는 여름밤이었다. 남편이 아내의 외모 가운데 좋아하는 하나는 아름다운 피부였다. 반짝반짝 빛나고 매끄러운 피부, 너무 깨끗해서 만지기만 해도 손이 떨리는.

─ 잠깐, 그녀가 속삭였다. 천천히.

그러곤 그는 말도 없이, 너무도 빨리 깊은 잠에 빠져들었다.
그녀는 그의 어깨에 손을 가져다 대었다. 그때 창밖에서 무슨
소리가 들렸다.

— 소리 들려?

— 아니. 무슨 소리? 그가 졸린 목소리로 말했다.

기다렸지만 아무 소리도 들리지 않았다. 희미한 한숨 같은
소리였다.

다음 날 아침 그녀가 말했다.

— 아, 저기. 나무 아래 개가 누워 있었다. 개의 귀가 보였
다. 하얀 줄이 난 작은 귀였다.

— 뭔데? 남편이 물었다.

— 아무것도 아냐. 그녀가 말했다. 개야. 어제 나를 따라온.

— 어디서? 그가 물으며 다가왔다.

— 저 아래에서. 내 생각에 그 브레넌이란 남자의 개 같아.

— 브레넌?

— 그 집 앞을 지나갔는데, 그녀가 말했다. 나중에 개가 따
라오고 있더라고.

— 브레넌의 집엔 뭐 하러 갔었어?

— 아무것도 안 했어. 그냥 지나가고 있었어. 그 사람이 있
는 것도 아니었고.

— 있는 것도 아니라니 무슨 말이야?

— 나도 몰라. 누가 그러더라고.

그가 문 쪽으로 가더니 문을 열었다. 사슴사냥개 종류인

나의 주인, 당신

그 개는 스펑크스처럼 앞발을 뻗고 몸을 높고 둥글게 웅크리고 앉아 있었다. 문이 열리자 개는 어색하게 몸을 일으키더니 마지못해 움직이기 시작했다. 그러더니 천천히 잔디밭을 가로질러 뒤를 돌아보지 않고 가버렸다.

저녁때 그들은 메콕스 로드에 있는 집에서 하는 파티에 갔다. 몬톡 쪽으로 한참 나가서인데 바람이 해안을 휩쓸고, 파도는 스프레이로 구름을 뿌리듯 폭발했다. 아디스는 자기 또래의 여자와 얘기를 나누었는데, 그 여자의 남편이 얼마 전 마흔 살에 뇌종양으로 죽었다고 했다. 여자의 말에 따르면 처음 진단을 한 건 남편 자신이었다. 극장에 앉아 있는데 갑자기 바로 오른쪽에 있는 벽이 보이지 않는 걸 깨달았다고 했다. 장례식에서 그녀는 모르는 여자 두 명이 앉아 있는 걸 봤다고 했다. 그 여자들은 장례식 후 피로연에는 오지 않았다.

— 물론, 그이는 외과 의사였으니까요. 그녀가 말했다. 외과 의사라면 여자들이 파리 떼처럼 달라붙지요. 하지만 난 한 번도 의심을 안 했어요. 세상에서 제일 멍청한 바보처럼.

운전해서 돌아오는 길, 나무들이 어둠 속으로 줄지어 사라졌다. 밝게 빛나는 헤드라이트 속에 그들의 집이 보였다. 아디스는 뭔가 본 것 같았지만 무슨 이유에서인지 남편은 보지 못했으면 하고 바라는 자신을 발견했다. 잔디밭을 걸어갈 때는 긴장이 되었다. 별은 수도 없었다. 그들은 문을 열고 집 안으로 들어갔다. 모든 것이 익숙하고 심지어 평온하기까지 했다.

잠시 후 그들이 잠자리에 들 준비를 하는 동안 바람은 집의 네 모퉁이로 불었고 검은 나뭇잎들이 서로 몸을 부딪쳤다. 그들은 불을 끌 터였다. 바깥의 모든 것은 야생으로 남을 것이다. 바람의 영광 속에서.

그건 사실이었다. 그는 거기에 있었다. 옆으로 누워 있었고 희끄무레한 털엔 물결이 일었다. 아침 햇살 속에서 그녀가 개에게 다가갔다. 고개를 들자 눈이 옅은 갈색과 금색으로 빛났다. 나이가 든 걸 알 수 있었다. 굽히지 않는 자존심은 그의 힘 같았다. 자연스러운 목소리로 그녀가 말했다.
— 이리 와. 그녀가 말했다.
몇 발짝을 걸었다. 개는 처음에 움직이지 않았다. 그녀가 뒤돌아봤다. 그제야 따라왔다.
아직 이른 아침이었다. 길로 나오자 햇빛에 바랜 칙칙한 색 차 한 대가 지나갔다. 뒷좌석엔 젊은 여자가 곤하게 머리를 떨어뜨린 채 앉아 있었다. 밤을 새우고 피곤에 지쳐 집으로 가고 있다고, 아디스는 생각했다. 설명할 수 없는 부러움을 느꼈다.
날은 따뜻했지만 진짜 열기는 아직이었다. 개가 길가의 웅덩이에서 물을 마실 때마다 그녀는 곁에 멈추어 기다렸다. 그의 젖은, 커다란 발톱이 상아처럼 반짝였다.
갑자기 어느 집에서 다른 개 한 마리가 맹렬하게 짖으며 뛰어나왔다. 잘생긴 사냥개였다. 개는 몸을 돌려 이빨을 드러내고 짖었다. 그녀는 숨을 멈췄다. 둘 중 한 마리가 절뚝거리고 피를 흘릴 상황이 될까 봐 두려웠지만, 그들은 무섭게 짖기만 했지 간격을 좁히진 않았다. 몇 번 펄쩍거리다 둘 다 그만두었다. 그는 이제 더 천천히 따라왔다. 입가엔 젖은 털이 갈라져 있었다.

집에 도착하니 개는 현관으로 가서 기다렸다. 안으로 들어가고 싶어 하는 게 분명했다. 집에 돌아왔으니까. 배가 고프겠다고, 그녀는 생각했다. 주변에 사람이 없나 둘러봤다. 지난번엔 못 보았던 의자가 잔디밭에 나와 있었지만 집은 전처럼 고요했다. 커튼조차 숨죽인 채였다. 문을 열어보는 손이 자기 것처럼 느껴지지 않았다. 문은 열려 있었다.

복도는 어두웠다. 복도를 지나니 어지러운 거실이 나왔다. 소파의 쿠션은 구겨지고 테이블 위엔 유리잔들이 놓여 있었다. 종이와 구두가 아무 데나 흐트러졌고, 식당엔 책들이 쌓여 있었다. 예술가의 집이었다. 이것저것 뭐가 많고 신경 쓰지 않은.

침실에는 커다란 책상이 있었고, 그 한가운데, 클립과 편지를 밀어 치워놓은 공간이 있었다. 그 위에 종이가 몇 장 있었고 거의 읽을 수 없는 글씨로, 때로 모음이 빠진 단어와 구절이 적혀 있었다. *버지의 죽ㅁ*, 그리고 제대로 읽을 수 없는 글씨로 *빈 마츠로 보냈다*, 와 비슷한 말이, 밑에는 *새로이*, *새로이*라는 두 단어가 간격을 두고 적혀 있었다. 편지지엔 좀 다른 글씨체로 *당신을 깊이 사랑하오. 경애하오. 사랑하고 경애*

하오. 더 이상 읽을 수 없었다. 너무 떨렸다. 또 더 알고 싶지 않은 내용도 있었다. 수제 은 액자에는 여자 사진이 있었다. 얼굴에 그림자를 드리운 채 벽에 기대고 있었는데, 벽은 하얀색 빌라 같았지만 제대로 보이진 않았다. 블라인드 사이로 야자수 잎이 부딪히는 희미한 소리가 들렸고, 새들이 높이 날았다. 그 빌라 안에서 그는 그녀를 만났을 것이다. 선전포고처럼 대담한 젊음의 그녀. 아니, 그게 아닐 거야. 해변에서 그녀를 만나 빌라로 갔을 것이다. 사진이 강하게 와 닿은 건 진짜 삶을 담고 있다는 사실 때문이었다. 스페인어로 비스듬히 *당신의 키스가 내게로 도망쳐 왔습니다*, 라고 적혀 있었다. 그녀는 액자를 내려놓았다. 사진은 신성하다. 당신은 항상 거기 없으므로. 그러니까 그게 그의 부인이었다. 투스 베소스, 당신의 키스.

그녀는 거의 몽롱한 상태로 집 안을 돌아다녔다. 그러다 정원이 보이는 커다란 욕실로 들어갔다. 들어가다가 심장이 떨어지는 줄 알았다. 거울에서 누군가를 보았다. 순간 그게 자기 자신이었다는 걸 알았고 더 자세히 거울 속을 들여다보았다. 잘 알아보기 힘든, 심지어 부정不貞한 자신이 흐릿한 불빛 속에 서 있었다. 그녀는 갑자기 깨달았다. 그가 그녀를 여기서 발견하리라는 운명을, 브레넌이 우편물이나 빵을 가지러 돌아왔다가 여기서 자신을 발견하게 될 거란 사실을 받아들였다. 갑자기 발소리나 차 소리가 들려 소스라치겠지. 하지만

나의 주인, 당신

그녀는 계속해서 거울 속 자신을 들여다보았다. 그녀는 시인의, 그 괴물의 집에 있었다. 금지된 집에 들어온 것이다. 투스 베소스…… 이 단어들이 아직 몸속에 살아 있었다. 그 순간 개가 문 앞으로 와 멈춰 섰다. 그러더니 바닥에 주저앉아 그녀를 쳐다보았다. 절친한 친구처럼. 그녀는 그를 향해 몸을 돌렸다. 해본 적이 없는 일이 일어나고 있었다.

생각할 겨를도 없이, 못 참겠다는 듯 그녀는 옷을 벗기 시작했다. 허리 아래론 내려가지 않았다. 자신이 하고 있는 일이 믿기지 않았다. 밖엔 태양이 내리쬐었고 정적 속에서 그녀는 가냘프게 몸을 드러낸 채, 반쯤 벗고 서 있었다. 잃어버린 자신의, 그리고 여자들의 모습이었다. 개는 넋을 잃을 듯한 눈빛으로 그녀를 올려다보았다. 친구들과는 달리, 개는 누구에게도 아무 말도 하지 않을 것이다. 학교 다닐 때 알던 여자애들이 떠올랐다. 키트 비닝, 낸 부드로. 전설적인 미모와 소문의 주인공들. 그녀는 그들처럼 되고 싶었지만 그러지 못했었다. 그녀는 몸을 굽혀 잘생긴 머리를 쓰다듬었다.

— 크기도 하지. 이 말은 진심으로 들렸다. 아주 오랜만에 진심을 말한 것 같았다. 크기도 하지.

그가 긴 꼬리를 흔들었고 바닥을 슥슥, 빗질하는 소리가 났다. 그녀는 무릎을 꿇고 그의 머리를 쓰다듬고 또 쓰다듬었다.

타이어가 자갈 위를 구르는 소리가 들렸다. 그녀는 퍼뜩 정신을 차렸다. 거의 공포에 질린 것처럼 서둘러 옷을 입고 부엌으로 나갔다. 필요하다면 현관으로 뛰어 숲속으로 도망갈 생각도 했다.

그녀는 문을 열고 귀를 기울였다. 아무 소리도 들리지 않았다. 뒷문으로 재빨리 내려오는데 집 옆에서 남편을 보았다. 하느님, 감사합니다. 이렇게 생각하고 말했다.

그들은 천천히 서로에게 다가갔다. 그는 집을 흘긋 보았다.

— 차를 가지고 왔어. 누가 있어?

잠시 말이 없었다.

— 아니, 아무도. 그녀는 얼굴이 굳는 걸 느꼈다. 마치 거짓말을 할 때처럼.

— 여기서 뭐 해? 그가 물었다.

— 부엌에 있었어. 그녀가 말했다. 개에게 먹을 것을 좀 주려고.

— 찾았어?

— 응, 아니.

그가 서서 그녀를 보다가 결국 입을 열었다.

— 가자고.

후진을 하면서 그녀는 그늘에 개가 앉아 있는 걸 보았다. 다리를 쭉 뻗은 채 서글픈 모습으로. 그녀는 옷에 닿은 자신의 알몸을 느꼈고 이상하게 만족스러웠다. 찻길로 들어섰다.

— 누가 먹을 것을 주어야 할 텐데. 그녀가 차 안에서 말했다. 이내 집들과 들판을 보았다. 워렌은 아무 말도 하지 않고 차를 더 빠르게 몰았다. 그녀는 뒤를 돌아보았다. 순간 그가

나의 주인, 당신

멀리서 자기를 따라온다는 생각이 들었다.

그날 오후 그녀는 쇼핑을 갔다가 5시쯤 집에 돌아왔다. 다시 불기 시작한 바람에 문이 쾅 닫혔다.

— 워렌?

— 봤어? 남편이 말했다.

— 응.

개가 돌아와 있었다. 약간 경사가 진 쪽에 앉아 있었다.

— 동물보호소에 전화를 걸까 봐. 그녀가 말했다.

— 거기서 뭘 한다고. 길 잃은 개도 아니잖아.

— 이제 못 참겠어. 어디라도 전화를 해야지. 그녀가 말했다.

— 경찰에 전화하지 그래? 와서 총으로 쏘게.

— 자기가 직접 하지 그래? 그녀가 차갑게 말했다. 다른 사람 총을 빌려서 말야. 저 개만 보면 미칠 것 같아.

9시가 넘을 때까지 빛이 남아 있었다. 땅거미가 지기 전, 구름이 하늘보다 진한 푸른색으로 물들었을 때 그녀는 조용히 밖으로 나갔다. 잔디밭 저편으로. 남편이 창문에서 보고 있었다. 그녀는 하얀 대접을 들고 걸었다.

그가 선명하게 눈에 들어왔다. 어두워진 잔디밭 위로 회색 주둥이가 있었고, 더 가까이 다가가자 맑은 갈색 눈이 보였다. 거의 의식을 행하듯 그녀는 무릎을 꿇었다. 바람에 머리카락이 날렸다. 희미한 어둠 속에서 그녀는 거의 미친 사람 같기도 했다.

— 여기. 물 좀 마셔. 그녀가 말했다.

그는 미안하다는 듯 다른 곳을 보았다. 코트를 깔고 자는 도망자 같은 모습이었다. 눈은 거의 감겨 있었다.

내 인생은 아무 의미가 없어, 그녀는 생각했다. 그걸 인정하지 않으려고 다른 것들을 욕망해왔다.

저녁을 먹을 때 둘 다 말이 없었다. 남편은 그녀를 쳐다보지 않았다. 이유는 알 수 없었지만 아내의 얼굴이 짜증이 났다. 예쁜 얼굴이었지만 그렇지 않을 때가 있었다. 아내의 얼굴은 여러 장의 사진 같아서 그중 잘 안 나온 건 골라서 버려야 했다. 오늘 밤 그녀의 얼굴이 잘못 나온 사진 같았다.

— 오늘 바닷물이 새그 폰드로 밀려들었어. 그녀가 무미건조하게 말했다.

— 그래?

— 어떤 여자아이가 물에 빠진 줄 알고 소방차까지 왔었어. 알고 보니 그냥 길을 잃었더라고. 잠시 말이 없다가, 우리 뭔가 해야 해. 그녀가 말했다.

— 일어날 일이라면 일어나겠지. 그가 말했다.

— 이건 달라. 그녀가 말했다. 그러곤 갑자기 식당에서 뛰쳐나갔다. 그녀는 눈물이 날 것 같았다.

남편의 일은 기본적으로 남에게 조언을 주는 거였다. 다른 사람들의 삶을 도와주는, 그러니까 합의를 하도록, 이혼하도록, 옛 친구들로부터 자신을 보호하도록 하는 그런 일이었다. 그는 성공적이었다. 그런 일의 언어와 기술을 마스터한 그였다. 사익을 위한 소요 속에서 살았지만 자기 자신은 결코 해

나의 주인, 당신

를 입지 않았다. 그가 처리하는 서류란 편지와 각서와 업무상 비밀 등이었다. 그가 한 가지 자신 있게 말할 수 있는 건 아무리 안정적인 것 같은 사람이라도 심각한 위기에서 그리 멀리 있지 않다는 사실이었다. 악재가 몇 번 연속으로 일어나면 그뿐이었다. 그런 일들은 경고도 없이 일어났다. 때론 손을 쓸 수 있었지만 때론 어쩔 도리가 없었다. 그 자신도 가끔 생각했다. 바람이 세게 불어 기둥이 주저앉으면 어떻게 될 것인가? 아내는 다시 브레넌의 집에 전화를 했다. 아무도 전화를 받지 않았다.

밤새 바람이 스스로 밀어낸 것처럼 잦아들었다. 아침에 동이 트자 워렌은 잔잔해진 공기를 느낄 수 있었다. 움직이지 않고 침대에 누워 있었다. 아내가 등을 돌린 채 자고 있었다. 그를 거부하고 있음을 느꼈다.

일어나서 창문으로 다가갔다. 개는 아직 그곳에 있었다. 그 형체가 보였다. 그는 동물이나 자연에 대해서 잘 몰랐지만 감이 잡혔다. 누워 있는 모습이 달랐다.

— 뭘 봐? 그녀가 물었다. 그러곤 옆으로 다가왔다. 한참 서 있는 듯했다. 그가 죽었다.

그녀가 문 쪽으로 몸을 돌렸고 남편이 팔을 잡았다.

— 놔. 그녀가 말했다.

— 아디스…….

그녀는 울기 시작했다.

— 놔줘.

―그냥 둬! 그가 그녀의 뒤에 소리쳤다. 그냥 두라고!

잠옷을 입은 그녀가 빠르게 잔디밭을 가로질렀다. 땅이 축축했다. 가까이 다가가자 잠시 멈추어 마음을 진정시키고 용기를 내었다. 한 가지가, 작별 인사를 하지 못한 것이 후회스러웠다.

몇 발짝 더 앞으로 다가갔다. 그 몸의 무게가 느껴졌다. 곧 무언가 다른 것이 되어 사라질 저 몸. 힘줄은 희미해지고 뼈는 가벼워질 터였다. 전에 한 적이 없는 그 일을 하고 싶었다. 그를 포옹하는 것. 그 순간 그가 고개를 들었다.

― 워렌! 그녀가 집 쪽을 향해 소리쳤다. 워렌!

소리 때문에 놀란 듯 개가 일어섰다. 그리고 피곤한 듯 축 처져 걸어갔다. 그녀는 손으로 입을 막았다. 그가 있던 자리를, 잔디가 눌린 곳을 보았다. 또 밤새 그곳에 있었던 거다. 또 밤새도록. 고개를 들었을 때 개는 벌써 저만치 가버렸다.

그녀가 개를 쫓아 뛰기 시작했다. 워렌이 보고 있었다. 그녀는 자유로워 보였다. 다른 여자, 젊은 여자처럼 보였다. 바닷가 흙먼지 나는 벌판에서 보는 그런 여자, 비키니를 입고 맨발로 감자를 훔치는 그런 여자.

그녀는 그를 다시 보지 못했다. 여러 번 그 집 앞을 지나쳤다. 가끔 브레넌의 차를 봤지만 개는 흔적도 없었다. 길거리에도, 들판에도 없었다.

8월 말의 어느 날 밤, 카토스에서 그녀는 브레넌이 바에 앉아 있는 걸 봤다. 무슨 사고를 당했는지 팔에 깁스를 하고 있었다. 바텐더에게 뭔가 심각하게 말을 했는데, 전같이 강하고 유창한 말투였다. 레스토랑은 붐볐지만 그의 옆 스툴엔 아무도 앉아 있지 않았다. 그는 혼자였다. 밖에도, 그의 차 안에도 개는 없었다. 아마도 이제 그의 삶에서 떠난 모양이었다. 죽었든지, 사라졌든지, 다른 곳에서 살고 있든지. 언젠가 어느 문장에서 그가 언급될 수도 있겠지만 그는 잊힐 것이다. 하지만 그녀는 그럴 수 없었다.

뉴욕의 밤

뭐, 사는 데 그게 전부니?
허구한 날 쫓아다니는
게 힘들어서 이혼했어.
만날 이렇게 저렇게 둘러
대는 통에 말이야. 한번은
런 던 에 있 는 데
새벽 2시에 전화가 왔어.
다른 방에 가서 전화를 받더
라고, 그때 완전히 깨달았지.
물 론 그 여 자 가
전 부 는 아 니 었 어.

레스토랑을 나오며 레슬리는 자기 집에 가서 한잔 더 할까 싶었다. 집까지 겨우 몇 블럭이었다. 1층에 납유리창이 있는, 고풍스러운 대형 아파트에선 워싱턴 스퀘어 공원이 내려다보였다. 카트린은 좋다고 했는데, 제인은 피곤하다고 했다.

— 한 잔만 더 하자고. 레슬리가 말했다. 가자.

— 집에 가긴 너무 이른 시간이야. 카트린이 가세했다.

저녁을 먹으며 그들은 영화 얘기를 했다. 본 영화와 못 본 영화들. 영화 얘기와 함께 수 웨이터 루디 얘기를 했다.

— 난 언제나 좋은 테이블을 얻는단 말이야. 레슬리가 말했다.

— 정말?

— 항상 그래.

—그래서 그 사람이 얻는 건 뭐야?

— 앞으로 뭔가 얻기를 바라는 거겠지. 레슬리가 말했다.

— 제인을 엄청 쳐다보던데.

— 아냐, 무슨 소리. 제인이 부인했다.

— 아주 옷을 반쯤 벗겼던데.

—그러지 마, 제발. 제인이 말했다.

레슬리와 카트린은 대학 친구였다. 룸메이트였는데, 히치하
이킹을 하며 유럽을 함께 여행하기도 했다. 터키까지 갔던 그
여행에서 하루만 빼고 매일 밤 한 침대에서 잤다. 남자들, 그
러니까 남자애들과 자거나 하는 일은 없었다. 카트린은 긴 머
리를 뒤로 빗어 넘겼는데 눈썹이 근사하고 웃는 얼굴이 돋보
였다. 모델을 해도 될 정도였다. 외모를 빼면 별로 볼 것이 없
었지만, 그 정도도 충분했다. 레슬리는 음악을 전공했지만 음
악을 계속하지 않았다. 특히 전화 받을 때 매력적이었는데, 오
랜 친구 같은 목소리였다.

엘리베이터에서 카트린이 말했다.

— 와, 잘생겼는데.

— 누구?

— 여기 도어맨 말이야. 이름이 뭐야?

— 산토스. 콜롬비아 어디서 왔대.

— 몇 시에 끝나는지 궁금하네.

— 참아라.

—그게 내가 받던 질문이었는데. 바텐더 할 때.

— 자, 내려.

― 아니, 정말로. 전구 바꿔달라든가 하는 부탁해봤어?

레슬리가 문 앞에서 열쇠를 찾았다.

―그건 관리인이 하는 일이야. 레슬리가 말했다. 그 사람은 또 얘기가 다르지.

들어가면서 그녀가 말했다.

―그런데 집에 스카치밖에 없을 텐데. 괜찮지? 버닝이 다른 술은 다 마셔버렸으니.

레슬리가 잔과 얼음을 가지러 부엌에 갔고 카트린은 제인과 함께 소파에 앉았다.

― 앤드루 아직 만나? 카트린이 물었다.

― 가끔. 제인이 말했다.

― 가끔, 그게 내가 원하는 거야. 가끔이 좋아.

레슬리가 잔과 얼음을 가지고 돌아왔다. 술을 따르기 시작했다.

― 자, 너희를 위해 건배. 그녀가 말했다. 나를 위해서도. 여기서 이사 나가는 게 쉽지는 않을 거야.

― 이 집 포기하는 거야? 카트린이 물었다.

― 한 달에 2,600달러? 그런 돈 없어.

― 버닝한테 좀 받지 않을까?

― 아무것도 요구 안 할 거야. 가구 몇 개는 내가 쓸 수 있겠지. 그리고 처음 서너 달 버틸 정도하고. 방법이 없으면 엄마 집에 가 있지. 그러긴 싫지만. 아니면 너랑 있어도 되지 않을까? 카트린에게 물었다.

카트린은 렉싱턴 애버뉴에 있는, 워크업 빌딩에 살았다. 방 한쪽 벽을 까맣게 칠하고 거울을 여러 개 달아놨다.

― 물론이지. 네가 날 죽이거나 내가 널 죽이기 전까진. 카트린이 말했다.

― 남자친구라도 있다면 문제가 없을 텐데. 레슬리가 말했다. 하지만 버닝 뒤치다꺼리하느라 그럴 시간도 없었다.

― 너는 좋겠다, 그녀가 제인에게 말했다. 앤디가 있잖아.

―그렇지도 않아.

― 무슨 일 있었어?

― 아니, 별로. 그 사람이 진지하지가 않아.

― 너한테?

―그것도 이유고.

― 말해봐, 뭔데? 레슬리가 말했다.

― 몰라. 그냥 그 사람이 좋아하는 거에 내가 관심이 없어.

― 이를테면? 카트린이 말했다.

― 다.

― 예를 들어봐.

―그냥 뻔한 일들.

― 뭔데?

― 항문 섹스. 제인이 말했다. 순간적으로 둘러댄 거였다. 그냥 이 상황을 벗어나고 싶었다.

― 못살아. 카트린이 말했다. 내 전남편이 생각난다.

― 말콤. 레슬리가 말했다. 그래, 말콤은 어디 있어? 아직

연락하니?

— 유럽에 있어. 아니, 연락은 없어.

말콤은 비즈니스 잡지의 기자였다. 키가 작았지만 옷을 잘 입었다. 줄무늬가 있는 멋진 양복을 입고 구두는 꼭 광을 냈다.

— 내가 어떻게 그 인간과 결혼을 했었는지 모르겠어. 카트린이 말했다. 눈이 삐었지.

— 아, 난 어떻게 된 건지 알지. 레슬리가 말했다. 실제로 어떻게 된 건지 내가 봤지. 섹시하잖아.

— 한 가지는 그 남자 여동생 때문이었어. 좋은 애야. 처음 본 순간부터 우린 친구가 됐지. 와, 이 술 독하다. 카트린이 말했다.

— 물 좀 더 부어줄까?

— 응. 걔 때문에 내가 굴을 처음으로 먹었어. 그런 걸 먹어야 되는 거냐고, 내가 물었지. 어떻게 먹는지 보여주겠다면서 입안에 던져 넣고 그냥 삼키더라고. 그랜드 센트럴 오이스터 바에서. 한번 먹으니까 계속 먹게 되더라. 걔 무지 솔직했어. 나한테 말콤과 잤느냐고 물었어. 만난 지 얼마 되지도 않았을 때였는데. 어떤지 알고 싶어 했지. 생긴 대로 정말 잘하는지.

카트린은 레스토랑에서 와인을 여러 잔 마셨고 그전엔 칵테일도 마셨다. 그녀의 입술이 반짝거렸다.

— 이름이 뭐였어? 제인이 물었다.

— 이니드.

— 오, 이름 예쁘네.

―그래서, 아무튼, 우리가 여행을 갔잖니. 결혼하기 전 얘기야. 방을 잡았는데 창문 하나에 침대 하나 달랑 있는 방이었어. 그때 처음 맛봤지.

― 뭘? 레슬리가 물었다.

― 엉덩이 말야.

―그래서?

― 좋았어.

제인은 갑자기 그녀가 존경스럽게 느껴졌다. 존경스러움과 창피함. 그녀는 지어냈지만, 카트린의 얘긴 사실이었다. 나는 왜 저런 일을 인정할 수 없는 걸까? 그녀는 생각했다.

― 하지만 이혼했잖아. 그녀가 말했다.

― 뭐, 사는 데 그게 전부니? 허구한 날 쫓아다니는 게 힘들어서 이혼했어. 만날 이렇게 저렇게 둘러대는 통에 말이야. 한번은 런던에 있는데 새벽 2시에 전화가 왔어. 다른 방에 가서 전화를 받더라고. 그때 완전히 깨달았지. 물론 그 여자가 전부는 아니었어.

― 왜 안 마셔? 레슬리가 제인에게 말했다.

― 마시고 있어.

― 암튼 그래서 이혼을 한 거야. 카트린이 말했다. 그러니까 이젠 우리 둘 다 이렇게 됐다. 그녀가 레슬리에게 말했다. 환영해.

― 진짜 이혼하는 거야? 제인이 물었다.

― 좀 편해지겠지.

뉴욕의 밤

— 얼마나 됐지? 6년인가?

— 7년.

— 오래됐네.

— 아주 오래됐지.

— 어떻게 만났어? 제인이 물었다.

— 어떻게 만났느냐고? 운이 나빠서 만났지. 레슬리가 말하며 자기 잔에 스카치를 더 따랐다. 진짜로, 처음 만나던 날 그 사람이 배에서 떨어졌어. 그때 내가 그 사람 사촌하고 사귀고 있었거든. 함께 요트를 타러 갔었어. 버닝은 내 시선을 끌려고 일부러 그랬다고 했지만.

— 정말 웃기다.

— 나중에는 말을 바꾸더라고. 배에서 떨어진 적이 있는데 우연히 내가 거기 있었다고.

버닝의 진짜 이름은 아서였다. 아서 버닝 해셋이 그의 이름이었는데, 그는 아서란 이름을 싫어했다. 모든 사람이 그를 좋아했다. 그의 집안은 베드포드에 '하하'라는 단추 공장과 저택을 갖고 있었다. 버닝은 그곳에서 자랐다. 공식적으로 그는 극작가였는데 그가 쓴 희곡 중 적어도 하나는 성공할 기미를 보이며 오프브로드웨이^{대규모 극장이 모인 브로드웨이의 극장가에서 벗어나 있는 극장들을 통칭하는 말로, 보통 중간 규모의 극장들이다}까지 갔지만 나중엔 결국 잘 안됐다. 그는 로빈이라는 비서가 있었는데(그의 조수라 불렀다) 버닝을 굉장하고 예측하기 힘든 사람이라고 생각했다. 유머는 말할 것도 없었다. 레슬리 자신도 언제나 그 때문에 웃곤 했다. 적어도 몇 년 동안은 그랬는데 언젠가부터 술을 입에 대기 시작했다.

끝장이 난 건 약 일주일 전이었다. 연극계의 한 변호사 부부가 오프닝 날 저녁에 그들 부부를 초대했다. 먼저 레스토랑으로 저녁을 먹으러 갔는데, 버닝이 마티니를 주문했다. 술은 집에서부터 마셨었다.

─그만 마셔요. 레슬리가 말했다.

그는 못 들은 척 한동안 재밌게 얘기를 하다가 레슬리와 부부가 얘기를 하는 동안 조용히 술을 마셨다. 그러더니 갑자기 낭랑한 목소리로 말했다.

─ 이 사람들 누구야?

주변이 조용해졌다.

─ 정말로, 누구냐고? 버닝이 다시 물었다.

변호사가 잔기침을 했다.

─ 우리를 초대한 분들이잖아요. 레슬리가 차갑게 대답했다.

버닝의 머릿속은 곧 다른 생각으로 옮겨간 듯했고, 잠시 후 그는 자리에서 일어나 화장실에 갔다. 30분쯤 흘렀다. 결국 레슬리는 바에 앉아 있는 그를 발견했다. 마티니를 또 한 잔 마시고 있었다. 멍청한 아이 같은 표정으로.

─ 어디 갔었어? 그가 물었다. 당신 찾아서 돌아다녔잖아.

그녀는 머리끝까지 화가 났다.

─ 이걸로 끝이에요. 그녀가 말했다.

─ 아니, 정말로, 어디 갔던 거야? 그가 집요하게 물었다.

그녀는 울기 시작했다.

— 집에 가야겠어. 그가 마음먹은 듯 말했다.

레슬리는 아직도 뉴잉글랜드 지방에서 지낸 여름의 아침을 기억했다. 갓 결혼했을 때였다. 창밖의 커다란 나무 위로 다람쥐들이 보송보송한 꼬리를 말고 곤두박질쳤다. 차를 몰고 고풍스러운 철교를 건너 소극장에서 하는 여름 연극을 보러 갔다. 목장엔 소들이 널찍한 헛간 앞에 앉아 있고, 수확이 끝난 옥수수 밭이 있었고, 이름 모를 강이 잔잔하게 흘렀다. 아름답고 고요한 시골의 풍경— 그때는 얼마나 행복했던가.

—그런데 말이야, 그녀가 말했다. 마지가 그 사람을 그렇게 좋아했었어. 마지는 레슬리의 엄마였다. 그때 알아봤어야 했던 건데.

얼음을 더 가지러 갔다가 복도에서 거울에 비친 자신의 모습을 흘긋 보았다.

— 이게 끝이다, 라고 결심한 적 있어? 그녀가 돌아오며 말했다.

— 무슨 말이야? 카트린이 물었다.

레슬리가 카트린 옆에 앉았다. 그들은 정말 친하다고, 레슬리는 생각했다. 서로의 결혼식에서 들러리를 섰었다. 둘도 없는 친구였다.

— 내 말은, 거울을 보면서 난 못해…… 이게 끝이야, 한 적이 있느냐고.

— 무슨 말이야?

― 남자하고 말이야.

― 넌 그냥 버닝과 끝났을 뿐이야.

― 남자가 진짜로 필요하냐고.

― 농담해?

― 내가 발견한 사실 하나 알려줘?

― 뭔데?

― 몰라……. 레슬리가 기운 없이 말했다.

― 무슨 말 하려고 했는데?

― 오, 내 이론……. 내 이론은 말이야, 안 자야 더 오래 기억한다고.

― 그럴지도 몰라. 카트린이 말했다. 하지만, 그래서 뭐해?

― 그냥 이론일 뿐이야. 남자들은 나눠서 정복하길 원해.

― 나눠?

― 그와 비슷해.

제인은 그들만큼 마시지 않았다. 몸이 좋지 않았다. 오후 내내 병원에서 기다리다가 나오니 딴 세상 같았다.

그녀는 일어나 거실을 걸어 다니다 레슬리와 버닝이 결혼할 때 찍은 사진을 집어 들었다.

― 그래서, 버닝은 어떻게 되는 거야? 그녀가 물었다.

― 누가 알아? 레슬리가 말했다. 지금처럼 살겠지. 그러다 여자가 나타나 고쳐가며 데리고 살겠다고 할지도 모르지. 춤이나 추자. 춤추고 싶어.

그녀는 CD 플레이어로 가서 CD를 뒤지다가 맘에 드는 걸

골라 틀었다. 잠깐 아무 소리도 나지 않다가 갑자기 끽끽거리
는 소리가 크게 들렸다. 백파이프 소리였다.

— 아, 뭐야. 그녀가 소리를 지르더니 정지 버튼을 눌렀다.
다른 게…… 그 사람 게 들어 있어.

곧 다른 걸 찾았고 저음으로 이어지는 드럼 소리가 천천히
거실에 퍼졌다. 그녀는 춤을 추기 시작했다. 카트린도 일어났
다. 그러고 나서 가수가, 한 명 또는 여러 명이 노래를 부르기
시작하더니 같은 가사를 되풀이해서 불렀다. 카트린이 춤을
추다 멈추고 술을 마셨다.

—그만 마셔. 레슬리가 말했다. 너무 많이 마시지 마.

— 왜?

—그러면 공연을 할 수가 없잖아.

— 무슨 공연?

레슬리가 제인 쪽으로 돌아 손짓을 했다.

— 어서.

— 싫어, 난 별로…….

— 어서 와.

셋이서 몽롱하고 리드미컬한 음악에 맞추어 춤을 추었다.
음악과 춤이 끝도 없이 계속되었다. 결국 얼굴이 축축해진 제
인이 의자에 앉았고 춤을 추는 그들을 지켜보았다. 여자들은
파티에서 함께 춤을 추고 심지어는 혼자서도 춘다. 버닝은 춤
을 추었을까? 그녀는 생각했다. 아닐 거야, 그런 타입이 아니
야. 그렇다고 창피해 할 타입도 아니야. 춤을 추기엔 술을 너

무 마셨지. 하지만 왜 그렇게 마셨을까? 별로 예민한 타입도 아닌 것 같았는데. 어쩌면 속으로 아주 예민했는지도 모르겠다.

레슬리가 그녀 옆에 앉았다.

— 이사는 생각도 하기 싫어. 머리를 아무렇게나 소파에 기댔다. 다른 집을 찾을 일이 제일 끔찍해.

그러고 고개를 들었다.

— 2년도 못 가서 버닝은 나를 잊을 거야. 가끔 '내 전부인'이 어쩌고 하긴 하겠지. 난 아이를 갖고 싶었어. 그 사람은 아니었고. 버닝한테 배란기라고 하면 그거 잘됐네, 그래. 뭐, 어쩔 수 없지. 다음에 가지면 되니까. 다음이란 게 있다면 말이야. 넌 가슴이 참 예쁘다. 그녀가 제인에게 말했다.

제인은 할 말이 없었다. 그런 말을 할 용기를 내본 적이 없었다.

— 내 건 벌써 늘어졌어. 레슬리가 말했다.

— 상관없어. 제인이 바보처럼 이렇게 말했다.

— 돈이 있으면 뭔가 할 텐데. 돈만 있으면 뭐든 고칠 수 있어.

사실이 아니라고 생각했지만 제인은 이렇게 말했다.

—그럴지도 몰라.

제인은 저축이 6만 달러가 넘었다. 동료가 추천한 정유회사에 투자했다 번 돈이었다. 원하면 차를 살 수도 있었다. 포르셰 박스터 같은. 주식을 처분할 필요도 없을 것이다. 융자로 산 다음 3~4년에 걸쳐 갚으면서 주말엔 교외로, 코네티컷으로, 매디슨이나 올드라임, 니앤틱 같은 작은 해안 마을로 드라이브를 갈 수 있다. 가다가 어딘가에 차를 세우고 외벽을 하얗게 칠한 작은 레스토랑에서 점심을 먹는 걸 상상했다. 그런 곳에 어쩌면 남자가 있을지도 모른다. 다른 남자들과 함께 있어도 상관없다. 배에서 떨어지지 않아도 된다. 물론 버닝은 아니겠지만 그와 비슷한, 좀 시니컬하면서도 내성적인, 그때까지 만나보지 못한 부류의 남자 말이다. 저녁을 먹으면서 얘기를 할지도 모른다. 그리고 베니스를 갈지도. 그녀가 언제나 가보고 싶어 했던 곳, 아무도 안 갈 때, 겨울에 가고 싶었다. 운하가 내려다보이는 호텔 방을 떠올렸다. 남자의 셔츠와 구두, 그리고 뭔지 알 수 없는, 반쯤 남은 와인이 있다. 무슨 이탈리아 와인일 것이다. 책도 몇 권 뒹굴었다. 밤에는 아드리아 해에서 불어오는 바람이 창으로 들어오고 그녀는 아침 일찍, 동이 트기도 전에 잠에서 깰 것이다. 곁에서 새근거리며 잠들어 있는 그를 보기 위해.

가슴이 예쁘다니. 그건 거의 사랑해, 라고 말하는 거나 다름없다. 그 얘길 들으니 기운이 났다. 레슬리에게 무슨 말을 하고 싶었지만 적절한 타이밍이 아닌 것 같았다. 아니면 그럴지도 몰랐다. 하지만 그녀 자신도 완전히 받아들이지 않은 일이었다.

다른 음악이 시작되었고 그들은 다시 춤을 추기 시작했다. 물러섰다 다가섰다 하면서, 팔은 날갯짓을 했고, 서로 얼굴을 보며 웃었다. 카트린은 클럽에서나 보는, 화려한 외모에 걱정 없이 사는 그런 여자였다. 열정에 한번 사로잡히면 대단해서 누가 무슨 말을 해도 들리지 않을 정도였다. 그녀는 일종의 싸구려 여신이었다. 사고 싶은 걸 사는 데 지나치게 돈을 쓰며 오랫동안 그렇게 살 수 있는 부류. 실크 드레스나 바짓단이 퍼지는, 딱 달라붙는 까만 바지. 세인이 베니스에 여행 갈 때나 입을 그런 옷이었다. 제인은 대학 다닐 때 연애를 하지 않았다. 아는 사람 중에 그런 사람은 자기밖에 없었다. 이제 그녀는 그 사실이 후회스러웠다. 창문 하나에 침대 하나밖에 없는, 그런 방에 가봤어야 했다.

　— 가야겠어. 그녀가 말했다.

　— 뭐라고? 레슬리가 음악 소리보다 크게 소리를 높였다.

　— 가야겠다고.

　— 오늘 재미있었어. 레슬리가 그녀에게로 다가가며 말했다. 현관에서 어정쩡하게 포옹을 했다. 레슬리는 그러다가 거의 넘어질 뻔했다.

　— 아침에 전화할게. 그녀가 말했다.

　제인은 거리로 나와 택시를 잡았다. 의외로 택시 안은 깨끗했다. 그녀는 운전사에게 코넬리아 스트리트 근처로 가자고 했다. 택시는 출발해서 차들 사이로 빠르게 움직였다. 운전사가 백미러로 제인을 봤는데, 자기 나이 정도 되어 보이는 젊고 예쁜 여자가 울고 있었다. 불이 켜진 약국 앞 빨간 신호등에 멈췄을 때, 그는 여자 얼굴에 눈물이 흐르는 것을 보았다.

　— 실례지만 무슨 일이 있으세요? 그가 물었다.

뉴욕의 밤

그녀가 고개를 저었다. 하지만 거의 그렇다고 말한 거나 같았다.

— 무슨 일이지요? 그가 말했다.

— 아무 일도 아네요. 그녀가 고개를 저으며 말했다. 난 죽어가고 있어요.

— 어디 아프세요?

— 아뇨. 아픈 게 아니라, 암으로 죽어가고 있어요. 그녀가 말했다.

처음으로 그 말을 하는 자기 목소리를 들었다. 암의 진행엔 네 단계가 있는데 그녀는 네 번째, 4기였다.

— 아, 그가 말했다. 그게 정말이에요?

뉴욕엔 별의별 사람들이 많았고 그 말이 진짜인지 아니면 지어낸 건지 알 수 없었다.

— 병원으로 모셔다 드릴까요? 그가 물었다.

— 아뇨. 그녀가 울음을 그치지 못하고 말했다. 난 괜찮아요. 그에게 말했다.

눈물이 흐르고 있었지만 예쁜 얼굴이었다. 그는 고개를 더 들어 나머지도 보았다. 나머지도 괜찮았다. 하지만 그녀가 말하는 게 사실이라면 어쩌지, 그는 생각했다. 무슨 이유인지는 몰라도 하느님이 저런 여자를 데려가기로 결정했다면? 알 수 없는 일이다. 적어도 그 정도는 그도 알고 있었다.

포기

우리는 그런 얘기를 가끔 했다.
무엇을 바꿀 수 있고, 또 바꿀 수 없는가에 대해서.
사람들은 언제나 뭔가,
말하자면 어떤 경험이나 책이나 어떤 인물이
그들을 완전히 바꾸어놨다고들 하지만, 그들
이 그전에 어땠는지 알고 있다면 사실 별로
바뀐 게 없다는 걸 알 수 있다.

아내가 서른한 살이 되던 생일 아침, 우린 좀 늦게까지 잠을 잤다. 난 창가에 서서 목욕 가운 차림으로 뛰어다니는 데스를 내려다보았다. 그의 옅은 갈색 머리는 헝클어졌고, 손엔 대나무 막대기가 들려 있었다. 몸을 굽혀 피했다가 한쪽 다리를 앞으로 쭉 내밀며 과장되게 찌르기를 했다. 그 앞에선 그때 여섯 살이던 빌리가 뛰어다녔다. 빌리가 자지러지게 웃는 소리가 들렸다. 안나가 내 곁으로 다가왔다.

— 지금 뭐 하는 거예요?

— 잘 모르겠는데. 빌리가 머리 위로 뭔가를 흔들고 있었다.

— 저건 파리채 같은데요. 아내가 못 믿겠다는 듯 말했다.

아내는 막 서른한 살이 되었다. 철없는 짓을 할 땐 지났지만 아직 감정이 무뎌지진 않은, 여자의 나이였다.

―그를 좀 보세요. 그녀가 말했다. 정말 사랑스럽지 않아요?

여름을 난 잔디가 갈색으로 변했고, 그 위에서 둘은 춤추듯 뛰어다녔다. 데스는 맨발이었다. 그가 아직 일어나 있을 시간이 아니었다. 데스는 보통 12시쯤 일어나 하루 일과의 리듬 속으로 자연스럽게 빠져들었다. 원하는 대로, 거의 아무 걱정 없이 사는 건 그의 재능이었다. 이렇게 저렇게 원하는 걸 이루면서 그 사이에 벌어지는 일에는 신경 쓰지 않았다. 몇 번 감옥에 가기도 했다. 그중 한 번은 무어 스트리트에서 나체로 돌아다닌 것 때문이었다. 정신과 의사들 중 그가 누군지 아는 사람은 없었다. 책을 읽는 의사놈은 한 놈도 없어. 환자 중엔 있어도. 그의 말이었다.

물론, 데스는 시인이었다. 시인처럼 생기기까지 했다. 이지적인 얼굴에 깡마르고 키가 컸다. 스물다섯에 예일 문학상을 타면서 등단했다. 그의 모습을 떠올리자면, 헤링본 재킷에 카키 바지를 입고 무슨 이유에서인지 샌들을 신었다. 어딘가 딱 떨어지지 않는 데가 있었고, 그에 관한 많은 것이 그런 식이었다. 갤버스턴에서 태어나 대학에선 ROTC였고 재학 중에 결혼까지 했다. 결혼 후 부인과 어떻게 된 건지 한 번도 제대로 설명한 적은 없었다. 진짜 삶이 시작된 건 그 후였다. 그로부터 그는 전문대학에서 가르치기도 했고, 그리스와 모로코로 여행을 떠나 한동안 그곳에서 지냈다. 신경쇠약을 겪으면서 시를 썼고, 그때 쓴 시로 이름을 얻었다. 나는 빌리지의 한 서

포기

점에 선 채로, 그의 놀라운 시들을 3분의 1쯤 읽었다. 그날 오후를 기억한다. 흐리고 조용한 오후였는데, 그의 시를 읽는 순간, 기존의 나 자신으로부터, 내가 일상적으로 느끼던 방식이나 삶의 깊이(다른 적당한 표현이 없다)에 대한 생각들로부터 멀어지던 것을 기억한다. 그리고 무엇보다 이어지는 구절에서 느끼던 흥분을 기억하고 있다. 그의 시는 귀에 거슬리는, 끝도 없이 계속되는 아리아였다. 특별한 건 그 톤이었다. 마치 그늘 속에서 써 내려간 듯했다. *저기 삼각주가 있다, 저기 불타는 팔이 있다……* 시는 이렇게 시작되었는데, 그게 굽이가 풀어지는 강을 묘사한 게 아니라 욕망에 관한 것임을 바로 알 수 있었다. 시는 어떤 꿈처럼 천천히, 종려나무 잎에서 *파닥거리는 빛*, 이름과 명사를 통해 서서히 그 모습을 드러냈다. 나폴리, 낡은 벤치, 룩소르^{고대 이집트 도시 테베의 일부를 포함하는 현재 이집트의 행정 단위}와 왕들, 살로니카,^{고대 왕국 마케도니아에 세워진 도시로, 지금은 그리스 마케도니아의 주도이다} 돌 위에 부서지는 자잘한 파도. 단어는 되풀이되었고, 심지어 후렴까지 있었다. 서로 연관이 없는 듯한 시구들이 점차로 하나의 고백을 이루었다. 그리고 그 고백 속의 공간은 8월의 타는 듯한 열기로 가득했다. 거기선 무슨 일인가 일어나고 있었고, 그건 분명히 성적이었다. 그러나 거기엔 또한 텍사스 시골의 텅 빈 거리와 도로, 잊어버린 친구들, 소총을 집어 들면 손에 찰싹 소리를 내던 멜빵, 퍼레이드에서 팔락거리던 깃발도 있었다. 콘돔이 있었고, 빛이 바랜 자동차와 오자로 가득한 때 묻은 메뉴판이 있었다. 이 모든 것은 말하자면 장작더미였고, 데스는 그 위에 자기 삶을 통째로 올려 놓았다. 이게 바로 그가 그토록 순수해 보이는 이유였다. 그는 모든 것을 바쳤던 것이다. 누구나 자신이 살아온 삶에 대해 거짓말을 했지만, 그는 아니었다. 그의 시는 고매한 비탄이었다. 그 속에는 과거에 가졌던 것, 앞으로도 언제나 기억할 것, 그러나 다시는 가질 수 없는 것이 흐르고 있다. *저기 에렉테우스가 서 있다. 잘 단련된 팔과 정강이…… 헬라스여 이리로 오라. 난 그대의 손길에 목마르니.*

내가 그를 만난 건 한 파티에서였다. 그때 난 겨우 이렇게 말했을 뿐이다. ―당신의 아름다운 시를 읽었어요. 그는 예상 외로 생각이 트여 있어 날 놀라게 했다. 그러면서도 주저 없이 솔직했다. 대화를 할 때, 내가 당연히 알 거라고 생각하는 책이나 화제를 언급했고, 위트가 풍부했다. 그리고 그 이상이었다. 그가 사용하는 언어는 나를 즐겁게 했고, 나 또한 신들이(내가 여기서 복수를 사용한 이유는 그가 유일신에 복종하는 것은 상상하기 힘들기 때문이다) 뜻한 대로 말할 수 있게 해주었다. 무슨 얘기를 시작하면 희한하게도 우리 둘 다 아는 내용이었다. 그가 조금 더 많이 알았지만 말이다. 라프카디오 헌. 알아요. 그는 헌이 누군지 안 것은 물론, 그가 결혼했던 일본인 미망인의 이름과 살던 동네의 이름까지 알고 있었다. 일본엔 가본 적도 없으면서 말이다. 아를레티와 네스터 알멘드로스와 자크 브렐과 『로렌스빌 이야기』와 방역선과 그의 진정한 열정이었던 재즈. 재즈에 대해선 난 이렇다 할 얘기를

포기

하지 못했다. 『앤서맨』과 빌리 캐논과 헬레스폰트와 스탕달의 사랑에 관하여. 거의 우린 같은 수업을 듣고 같은 도시를 여행했던 것 같았다. 그리고 빌리가 있었다. 그가 다리를 찌르며 공격하던.

빌리는 그를 무척 따랐다. 거의 친구 같았다. 데스의 웃음은 전염성이 강했고, 언제나 놀 준비가 되어 있었다. 우리 집에서 지내면서 그는 쿠션으로 배를 만들었고 창고에 있는 물건을 되는대로 가져다가 칼을 만들고 방패를 만들었다. 그의 차는 시동이 자주 꺼졌는데, 그럴 때마다 라디오를 켰다 껐다 하면 시동이 걸린다고 주장했다. 뭔가 선이 잘못 연결돼서 그렇다는 것이었다. 라디오 담당이 빌리였다.

— 어, 어, 데스가 이렇게 말하곤 했다. 또 꺼졌네. 라디오!

그러면 빌리는 신나게 라디오를 켰다 껐다 하기를 반복했다. 이게 효과가 있다는 걸 어떻게 설명할 수 있을까? 시인의 신통력이거나 아니면 속임수였을지도 모른다.

안나의 생일 날, 정오쯤 백합과 노란 장미로 멋지게 만든 꽃다발이 배달되었다. 그가 보낸 것이었다. 그날 저녁 우리는 다른 친구들과 함께 '레드바'에서 저녁을 했다. 항상 시끄러운 곳이지만, 바를 지나 있는 조용한 곳에 테이블을 잡았다. 난 생일 케이크를 주문하지 않았다. 아내가 가장 좋아하는 럼케이크를 집에서 먹을 예정이었기 때문이다. 빌리가 아내의 무릎 위에 앉아 있었고 그녀는 양초마다 하나씩 반지를 걸었다. 반지마다 소원을 담아서.

— 촛불 끄는 걸 도와줄래? 아내가 빌리에게 말했다. 빌리의 머리카락에 아내의 얼굴이 스쳤다.

— 초가 너무 많아요. 빌리가 말했다.

— 맙소사. 여자 자존심 상하게 하는 방법을 아는구나, 너.

— 해봐. 데스가 빌리에게 말했다. 숨이 모자라면 내가 숨을 돌려서 너한테 줄게.

— 어떻게요?

— 난 할 수 있지. 숨을 돌린다는 말 못 들어봤어?

— 초가 탄다! 안나가 말했다. 자, 불어. 하나, 둘, 셋!

두 사람이 초를 껐다. 빌리는 아내의 소원이 뭔지 알고 싶어 했지만, 아내는 말하지 않았다.

넷이서 케이크를 먹은 후 나는 아내에게 선물을 주었다. 좋아하리란 걸 알고 있었다. 로마 숫자가 새겨진 아주 얇고 네모난 손목시계였다. 태엽을 감는 곳에 푸른색 작은 보석이 박혀 있었는데 내 생각에 투르말린인 것 같았다. 케이스에 들어 있는 새 시계보다 아름다운 건 세상에 그리 많지 않다.

— 아, 잭! 아내가 말했다. 너무 예뻐요.

아내는 시계를 빌리에게, 그리고 데스에게 보여주었다.

— 어디서 샀어요? 보더니, 어머, 카르티에군요, 했다.

— 맞아.

— 너무 맘에 들어요.

우리가 알고 지내던 베아트리스 헤이지가 그런 시계를 차고 있었다. 엄마에게 물려받았다고 했었다. 시간과 유행이 지

포기

나도 변하지 않는 우아함을 지닌 물건이었다.

아내가 좋아할 물건을 찾아내기는 쉬웠다. 우린 취향이 같았다. 처음부터 그랬다. 취향이 다른 사람과 산다는 것은 불가능한 일이다. 사람들은 잘 모르지만 난 항상 취향이야말로 가장 중요한 것이라고 생각해왔다. 그건 아마도 옷을 입는 방식이나 또는, 같은 이유로, 벗는 방식으로 전해지는데, 취향은 타고나는 것이 아니다. 그건 학습되고 어느 순간에 도달하면 바뀌지 않는다. 우리는 그런 얘기를 가끔 했다. 무엇을 바꿀 수 있고 또 바꿀 수 없는가에 대해서. 사람들은 언제나 뭔가, 말하자면 어떤 경험이나 책이나 어떤 인물이 그들을 완전히 바꾸어놨다고들 하지만, 그들이 그전에 어땠는지 알고 있다면 사실 별로 바뀐 게 없다는 걸 알 수 있다. 상대방이 매력적이긴 해도 완벽하지는 않을 때, 사람들은 결혼한 다음에 전부는 아니라도 어느 정도 바꿀 수 있다고 생각한다. 하지만 실제론 잘해야 한 가지 정도를 바꿀 수 있을 뿐이고, 그것마저도 결국은 예전처럼 돌아갈 가능성이 높다.

처음에는 신경 쓰이지 않던 작은 습관들이 나중에 거슬릴 때가 있는데, 우리에겐 이런 문제를 해결하는 방법이 있었다. 말하자면 신발에 들어간 자갈을 털어내는 일과 비슷했다. 우린 그걸 '포기'라고 불렀고, 이를 계속하는 데 동의했다. 지나치게 자주 사용하는 문구나 식습관, 심지어는 제일 좋아하는 옷도 이에 속했다. '포기'는 그런 것들을 버리도록 요구하는 걸 의미했다. 뭘 하라고 요구할 수는 없어도 하지 말라고 요구

할 수는 있었다. 욕실 세면대의 언저리는 언제나 물기 없이 닦여 있었는데, 그건 '포기' 때문이었다. 컵을 들고 마실 때 안나는 이제 새끼손가락을 펴지 않았다. 한 가지 이상 요구하고 싶은 게 있을 수도 있고 그래서 뭘 골라야 할지 쉽지 않았다. 그래도 1년에 한 번, 싸움을 일으키지 않고 서로에게 이것만은 하지 말아달라 요구할 수 있다는 사실은 안도감을 주었다.

우리가 빌리를 재우는 동안 데스는 아래층에 있었다. 안나가 손가락을 입술에 대고 방의 불을 끄며 나올 때 나는 복도에 있었다.

— 잠들었어?

— 네.

— 암튼 생일 축하해. 내가 말했다.

— 네.

아내의 대답에 뭔가 이상한 데가 있었다. 목이 긴, 금발머리의 아내가 거기 그렇게 서 있었다.

— 여보, 무슨 일이야?

— 아내는 잠시 말이 없었다. 그러더니 말하길,

— '포기'해줄 게 있어요.

— 좋아. 내가 말했다.

어쩐지 긴장이 되었다.

— 뭘 원하는데?

— 데스와 그만뒀으면 좋겠어요. 그녀가 말했다.

포기

—그만해? 뭘?

심장이 멈추는 것 같았다.

— 섹스 말예요. 그녀가 말했다.

아내 입에서 그 말이 나오리란 걸 알고 있었다. 그래도 다른 말이길 바랐는데, 아내의 말은 마치 무거운 커튼이 떨어져 내리거나 접시가 바닥에 떨어져 산산조각이 나는 것과 비슷했다.

— 지금 무슨 말을 하는 거야?

아내의 얼굴이 굳었다.

— 알잖아요. 내가 무슨 말 하는지 정확히 알고 있잖아요.

— 여보, 당신이 뭔가 오해를 한 거야. 데스와는 아무 일도 없어. 그냥 친구야. 제일 친한 친구라고.

눈물이 아내의 얼굴을 타고 흘러내렸다.

—그러지 마. 내가 말했다. 부탁이야, 울지 마. 당신이 잘못 안 거야.

— 울 수밖에요. 아내가 말했다. 목소리가 떨리고 있었다. 누구라도 울 거예요. 당신 그렇게 해야 해요. 그만두어야 한다고요. 우리 약속한 게 있잖아요.

— 세상에, 당신 뭔가 착각을 하고 있어.

— 제발, 아내가 애원했다. 제발 그러지 마세요. 제발, 제발, 그러지 마세요.

아내는 매무새를 가다듬듯 눈물을 닦았다.

— 약속을 지키세요. 아내가 말했다. '포기'하셔야 해요.

101

하지만 '포기'할 수 없는 것들이 있다. 가슴이 무너지는 것들. 아내는 내 인생의 절반을 요구하고 있는 거나 마찬가지였다. 그의 시계를 풀어주고 그를 내 품에 갖는 것, 그건 형언할 수 없는 행복이었다. 그를 사랑하는 것은. 그런 행복은 세상에 없었다. 12번가에 우리가 쓸 수 있는 아파트가 있었다. 뒤에 정원이 있었고, 〈페트루슈카〉스트라빈스키의 발레곡(그곳에 있던 레코드인데 그걸 틀곤 했었다)의 현란한 곡조가 있었다. 그 음악만 들으면 늘 그의 유순함이, 느린 웃음이 떠올랐다.

— 데스와는 아무 일도 없어. 내가 말했다. 맹세코.

— 맹세했어요.

— 그래.

— 그러면 당신을 믿어야겠네요.

— 맹세한다니까.

아내는 얼굴을 돌렸다.

— 알았어요. 아내가 마침내 그렇게 말했다.

엄청난 기쁨이 내 안을 채우는 순간 아내가 말했다.

— 알았어요. 하지만 그 사람은 집에서 나가야 해요. 영원히. 내가 당신을 믿기를 바란다면 그렇게 해야 해요.

— 안나…….

— 아뇨. 그게 증거예요.

— 어떻게 떠나라고 하지? 무슨 이유로?

— 뭐라고든 둘러대세요. 난 상관 안 해요.

아침에 느지막이 일어난 그가 부엌에 내려와 있었다. 나른

포기

한 잠기운이 아직 남아 있었다. 안나는 출근하고 없었다. 손이 떨렸다.

— 굿모닝, 그가 웃음을 지으며 말했다.

— 굿모닝.

도저히 말을 꺼낼 수가 없었다. 말할 수 있는 거라곤,

— 데스…….

— 왜?

— 뭐라고 말해야 할지 모르겠어.

— 뭔데?

— 우리. 끝났어.

그는 무슨 말인지 모르는 것 같았다.

— 뭐가 끝나?

— 다. 속이 무너져 내리는 것 같아.

— 아, 그가 나지막이 말했다. 알았어. 알 것 같아. 무슨 일이 있었던 거야?

— 당신, 이 집에 있을 수가 없어.

— 안나. 그가 짐작으로 말했다.

— 맞아.

— 알았구나.

— 응. 어찌해야 좋을지 모르겠어.

— 내가 말해볼까? 어떻게 생각해?

— 소용없어. 정말이라니까.

— 하지만 우린 사이가 좋았어. 밑져야 본전이잖아. 내가 얘

기해볼게.

— 아내가 원하지 않아. 난 거짓말을 했다.

— 도대체 언제 그런 거야?

— 어젯밤. 어떻게 얘기가 나왔느냐고 묻지 마. 나도 몰라.

그가 한숨을 내쉬었다. 그가 무슨 말을 했고 나는 알아듣지 못했다. 들리는 건 내 심장이 뛰는 소리뿐이었다. 그날 오후 그는 떠났다.

난 오랫동안 부당하다고 생각했다. 그는 우리에게 즐거움을 주었을 뿐이다. 내게 특별히 그랬다 해도 그 사실 자체가 사라지는 건 아니다. 사진 몇 장을 간직했고, 물론 시도 있었다. 난 먼 곳에서 그를 따라온 것이다. 결혼할 수 없는 남자를 따라가는 여자처럼. 그가 섬에서 섬으로 옮겨갈 때 빛나는 푸른 물이 과거로 흘렀다. 호메로스의 잔재가 남아 있다는 곳. 안개 속에 이오스 섬에게 해에 있는 그리스령 섬. 고대 그리스 전설에 따르면 호메로스의 묘지가 이곳에 있다고 한다이 하얗게 떠 있었다.

귀고리

그녀는 브라이언이 좋아하는, 옅은 하늘색 드레스를 입었다. 등이 깊게 파인 드레스였다. 귀에는 그 귀고리를 하고 있었다. 머리를 묶고 있어 꽤 똑똑히 보였다. 분명했다. 그는 눈에 띄지 않게 더 가까이 갔다. 심장이 미친 듯 뛰었다.

·:·

브룰 씨 부부가 사는 아파트에서 보이는 공원 경치는 기가
막혔다. 겨울에는 앙상하고 탁 트인 풍경이었고, 여름이면 짙
은 녹색빛 바다가 되었다. 아파트는 고급스러운 타워형 고층
빌딩이었다. 어찌 생각하면 고상하고 점잖은 사람들이 입구는
엄숙하고, 웃지도 않는 도어맨이 있는 아파트에서 삶을 꾸리
며 산다는 사실은 위안이 되었다. 희귀한 카펫과 비싼 가구
를 들여놓고 가정부를 부리는 종류의 삶. 브룰 씨는 아파트
가격이 한창 뛸 무렵 90만 달러에 아파트를 샀는데, 지금은
그 몇 배가 올랐다. 실제로 돈을 주고 살 수도 없을 정도였다.
아파트는 천장이 높고 오후 햇살이 깊게 들었고, 폭을 넓게
짠 문엔 놋으로 만든 화려한 손잡이가 달렸다. 그리고 깊숙이
몸을 묻을 수 있는 안락의자가 있고, 테이블 위엔 꽃과 액자

가 가득했고, 벽엔 그림들이 걸려 있었다. 복도엔 볼라르^{프랑스}
^{의 화상. 드가, 피카소 등 여러 화가들의 오리지널 판화집이나 그들의 삽화가 든 많은 문학}
^{작품의 출판을 후원했다}가 제작한 피카소의 판화가, 복도를 따라 침
실로 가면 카미유 봉부아^{1883~1970. 프랑스의 화가. 앙리 루소와 유사한 계}
^{열의 소박한 화풍으로 알려졌다}의 매혹적인, 어두운 색채의 그림이 걸
려 있었다.

브룰 씨는 알려진 사실보다 소문이 더 많은 사람이었다. 50대
인 그는 성공한 축이었다. 그동안 쉽지 않은 고객들의 변호를
맡아왔고, 그보단 덜 알려졌지만 가난하고 어려운 사람들을
위해 무상으로 일을 해주었다는 말이 있었다. 자세한 정황은
모호하다. 목소리는 부드러웠지만 위엄에 찼고 차분한 미소
뒤엔 엄격함이 있었다. 그의 직장은 집에서 1.5킬로미터 정도
거리였고, 직장엔 걸어서 다녔다. 겨울에는 캐시미어 외투와
목도리를 하고 걸었다. 도어맨은 아침 인사조차 우물거리는
정도인데 크리스마스 때마다 500달러를 받았다. 브룰 씨는 기
본적으로 올바르고 명예를 존중하는 사람이어서, 키케로가
말한 현명한 노인과 다르지 않았다. 살아생전 결실을 보지 못
하더라도 신들에 대한 책임감과 존경심에서, 그리고 후대에
최고를 물려주고픈 마음에서 과실수를 심는 사람^{키케로의 『노년에}
^{관하여』에 나오는 내용}이었다.

그의 아내 파스칼은 프랑스 인이었다. 파스칼은 다정하고
이해심이 많았다. 브룰 씨는 재혼이었고, 그녀 역시 결혼 경력
이 있었는데 전남편은 파리의 유명한 보석상이었다. 딸린 아

이는 없었고, 브룰 씨 생각에 아내의 유일한 단점이라면 요리를 좋아하지 않는다는 점이었다. 그녀는 사람들과 얘기하면서 요리를 못하겠다고 했었다. 그다지 미모는 아니었으나 총명했고, 얼굴은 약간 동양적인 데가 있었다. 너그러운 성격과 뛰어난 센스는 거의 천성적이었다.

— 들어봐. 그녀는 브룰 씨와 결혼할 때 그의 딸들에게 이렇게 말했다. 난 너희 엄마가 아니고 그러고 싶어도 그럴 수 없겠지만 적어도 너희와 친구가 될 수 있길 바라. 친구가 된다면 좋겠고, 만약 그렇지 못하더라도 내가 해줄 수 있는 일이라면 뭐든 말해줘.

그때는 딸들이 어렸지만 결국 파스칼을 좋아하고 따르게 되었다. 딸 셋과 사위들, 그리고 손자 손녀들이 명절이면 집에 왔고, 다함께는 아니더라도 자주 저녁을 먹으러 왔다. 그 가족은 사이가 좋고 헌신적이었고, 이 사실을 브룰 씨는 무척 자랑스러워했다. 첫 번째 결혼을 실패했기에 더욱 그랬다.

당신도 가족이라고, 어쩌다 이 집 딸과 결혼한 사람 정도가 아니라 완전히 한 가족이라고 장녀인 그레이스가 남편에게 말했었다. 당신도 그들 중 한 명이고, 온 가족은 모두 하나라고 했다.

— 이제부터 우리라는 말에 익숙해져야 해요.

브라이언 우드라는 막내 샐리와 결혼했다. 화창한 여름 날, 여자들은 몸에 붙는 드레스를 입었고, 잔디밭은 하얀 의자로 가득했다. 샐리는 희고 빳빳한 공단으로 만든, 어깨끈이 넓은,

소매 없는 웨딩드레스를 입었다. 암갈색 머리칼이 날씬한 등 위로 윤기 나게 흘러내렸다. 귀에는 자잘한 홈이 파인 은색 귀고리를 했고 얼굴은 희색으로 가득 찼다. 가끔씩 일이 잘 되어갈지 걱정하는 빛도 스쳤지만 원래 사소한 걱정은 없는 얼굴이었다. 딱 보면 키우는 데 얼마나 들었을지 짐작이 가는 그런 얼굴. 스키드모어^{뉴욕 주에 있는 소규모 사립대학교}를 나왔는데, 쇼킹한 일을 일삼는, 색을 밝히는 여자애 두 명과 방을 함께 썼다고 말하길 좋아했다.

신랑은 신부와 키가 비슷했다. 다리가 약간 휘었고, 턱이 넓고, 호감을 주는 웃는 얼굴이었다. 성격은 활달해서 인기가 좋았다. 대학 친구들과 심지어 고등학교 때 친구들까지 결혼 식에 왔고, 일어나서 애정 어린 추억을 말하고 앞으로 결혼생 활에 대해 짓궂은 농담을 하기도 했다. 결혼 서약을 하는 순 간, 그는 신부의 순수함과 아름다움에 완전히 매료되었다. 그 녀의 모습을 처음으로 완벽하게 볼 수 있었던 것처럼.

피로연은 커다란 텐트 안에서 했는데, 꽃으로 장식한 테이 블들이 길게 놓였다. 저녁이 되자 텐트는 빛을 받아 천천히 피어나기 시작했다. 안에서 빛을 발하는 거대한 천상의 선박 같았는데 바다로 나갈지 천상으로 떠날지는 알 수 없었다. 브 룰 씨는 새로 맞는 사위에게 이제 지상에서 경험할 수 있는 가장 큰 행복을 맛보게 될 거라고 말했다. 물론 결혼을 두고 하는 말이었다.

결혼 선물은 아나톨리아^{흑해와 지중해 사이에 있는 터키의 넓은 고원 지대}

해안을 따라 오디세우스의 항로를 되짚는 크루즈였다. 1년이 채 지나지 않아 첫아이가 태어났고, 딸의 이름을 릴리라고 지었다. 다정하고 성격이 좋은 아이였다. 샐리는 아이를 직접 키우면서 다른 일도 소홀하지 않는 엄마였다. 손님을 치르고 영화를 보러 가고 남편과 또 친구들과 저녁 식사를 했다. 아파트는 좀 어두운 편이었지만 어차피 그 집에서 영원히 살 건 아니었다. 큰언니 그레이스는 남편과 두 아이들과 함께 겨우 열 블럭 떨어진 곳에, 둘째 언니 에바는 조각가와 결혼해 다운타운에 살았다.

릴리는 달콤하고 사랑스러웠다. 신생아 때부터 엄마 아빠와 함께 침대에서 자는 걸 좋아했다. 특히 아빠를 좋아했다. 세 살 때는 사랑에 겨운 목소리로 아빠에게 속삭였다.

— 나는 아빠의 아내가 될 거야.

2년 후, 브라이언은 그동안 새로 태어난 남동생에게 관심을 내준 릴리를 데리고 닷새 동안 파리에 갔다. 둘만의 여행이었다. 돌이켜보면 딸의 어린 시절 중에서도 그가 가장 좋아하던 시기였다. 딸은 여자처럼, 친구처럼 굴었다. 누군가를 그보다 더 사랑할 순 없었다. 그들은 방에서 아침 식사를 했고, 함께 엽서를 썼고, 센 강에서 좁고 기다란 보트를 탔다. 새를 파는 시장과 미술관과 베르사유 궁전에 갔고 하루는 오후에 콩코드 광장 근처에서 거대한 페리스휠^{회전식 관람차}을 탔다. 파리 시내 위로, 끔찍할 정도로 높이 올라갔다. 브라이언은 무서웠다.

— 재밌니? 그가 물었다.

―그러려고 노력하고 있어요. 딸의 대답이었다.

너보다 용감한 사람은 없을 거라고, 그는 생각했다.

저녁때가 되자 그는 몸이 지친 것을 느꼈다. 호텔의 프런트 근처에서 캐나다 인 커플이 택시를 기다리고 있었다. 릴리는 엘리베이터에 달린 지시등을 보고 있었는데 엘리베이터는 5층에서 한참 서 있었다.

―고장 난 걸까요, 아빠?

―그냥 시간이 좀 걸리는 걸 거야.

커플의 말소리가 그에게 들렸다. 이마가 매끈한 금발의 여자는 반짝이는 은색 탑을 입었다. 불빛이 즐비한 대로 속으로, 시끌시끌한 레스토랑으로 저녁 외출을 하는 참이었다. 그들이 출발하는 모습을 흘긋 보았을 뿐이다. 여자의 머리칼 위로 불빛이 반짝였고 누군가 여자에게 택시 문을 열어주었다. 그 순간 그는 자신이 모든 걸 가졌다는 사실을 잠시 잊었다.

― 왔어요. 딸이 부르는 소리가 들렸다. 아빠, 왔어요.

마이클 브룰 씨의 58세 생일은 4월 말이었다. 생일선물은 먹거나 마실 수 있는 걸로 하자고 그가 부탁했지만, 에바의 남편 델은 아름다운 목각 새를 조각해왔다. 색은 칠하지 않았고 다리가 지푸라기처럼 가느다란 새였다. 브룰 씨는 깊이 감동받았다.

브라이언은 부엌에서 요리를 했고, 집 안은 시끌벅적했다. 아이들은 무슨 게임인가를 한다고 늙은 개 스코티를 귀찮게 했다.

귀고리

— 개가 놀란다, 개가 놀라! 어른들이 소리쳤다.

브라이언은 리조토를 만드는 중이었다. 더운 육수를 조금씩 부어가며 천천히 저었다. 저녁 식사 때문에 고용한 여자들 중 한 명이 그를 뚫어져라 바라보았다.

— 거의 다 됐어요. 그가 소리쳤다. 가족들의 목소리와 개 짖는 소리, 웃음소리가 들렸다.

흰 셔츠에 벨벳 바지를 입은 여자는 신기하다는 듯 브라이언을 보았다. 그는 나무 숟가락에 음식을 조금 떠서 내밀었다.

— 맛볼래요? 그가 물었다.

— 네, 달링. 그녀가 말했다.

쉿, 그가 장난스레 손을 저었다. 여자는 그의 눈을 보지 않고 리조토를 입술 사이에 넣었다. 그녀의 이름은 패밀라였다. 실제로 그녀는 출장요리사가 아니었고, 유엔에서 일했다. 그날 다른 여자들과 함께 파트타임으로 고용된 거였다.

그녀가 유엔 호텔의 바로 걸어 들어올 때 그는 그녀의 다리를 보고 있었다. 그녀는 그의 옆에 와서 웃으며 앉았다. 너무나 편하고 자연스럽게. 처음엔 떨렸지만 그는 곧 괜찮아졌다. 처음부터 자연스럽고 스릴에 찬 공범 의식을 느꼈다. 그의 가슴은 바람을 먹은 돛처럼 흥분으로 가득 찼다.

— 자, 패밀라. 그가 이렇게 말을 시작했다.

— 팸이에요.

— 술 하겠어요?

―그거 화이트와인이에요?

― 맞아요.

― 좋아요, 화이트와인.

그녀는 스물두 살이었고, 펜실베이니아에서 왔다. 보기 드물게, 타고난 품위가 있었다.

― 당신은 정말로……. 그가 말하고서 갑자기 조심스러워졌다.

― 뭔데요?

― 진짜로 예뻐요.

― 아, 모르겠어요.

― 두말할 필요도 없죠. 근데 궁금한 게 있는데, 그가 말했다. 몸무게가 얼마예요?

― 52킬로그램 정도요.

― 아마 그럴 거라 생각했어요.

― 정말요?

― 아니, 그건 아니고, 뭐라고 말해도 그렇다고 했을 거예요.

그녀는 사무실에는 병원에 갔다가 천천히 점심을 먹고 들어오겠다고 했고, 그에게도 그렇게 말했다고 얘기했다. 호텔 엘리베이터에 타면서 그는 그녀의 멋진 히프를 보았다. 그러곤, 믿을 수 없게도 그들은 호텔 방으로 함께 들어갔다. 그는 뛰는 가슴을 주체할 수가 없었다. 모든 것이 그들을 위해 준비되어 있었다. 심플한 새 가구와 의자, 욕실에 두툼한 타월까지. 그 전날 밤 브루클린에선 살인사건이 네 건 있었다. 월

귀고리

스트리트에선 브로커들이 이성을 잃었고, 14번가에선 시계와 양말을 파는 남자들이 추위에 떨며 서 있었다. 57번가에선 미친 사람이 목청을 다해 오페라의 아리아를 불렀고, 어떤 건물은 무너지고 새 건물이 올라갔다. 커튼을 치러 일어난 그녀가 잠시 커튼 사이 불빛 속에서 아래를 내려다보며 서 있었다. 그 빛나는 아름다움과 신선함! 그는 이제껏 그런 건 본 적이 없었다.

패밀라는 일 때문에 집을 비운 사람의 아파트를 빌려 살았다. 그렇다 해도 가구가 없는 편이었다. 그는 그녀와 만날 때마다 뭔가 선물을 주고 싶었다. 생각지도 못한 어떤 것, 이를테면 쇼윈도에서 본 가죽 의자를 바로 배달시킨다든가, 반지, 장미나무 보석함 같은 걸 주었다. 하지만 그녀가 주는 건 갖고 있지 않도록 조심했다. 쪽지, 이메일, 사진 따위는 증거가 될 수도 있었다. 하지만 한 가지 예외는 있었다. 침대 위에서 그가 찍은, 그녀가 반쯤 일어나 앉아 있는 사진이었다. 어깨와 젖가슴, 부드러운 배, 허벅지가 드러난. 누군지 알 수 없을 터였다. 사진을 사무실에 있는 책의 갈피 속에 끼워두고 생각나면 들추어 보았다.

그때는 욕망이 하도 깊어 다리까지 풀려 지냈다. 집에서는 자연스럽게 행동했다. 오히려 전보다 더 다정하고 헌신적이었다. 특히 릴리라면 헌신 그 이상이었다. 집에 들어올 때면 금지된 행복감으로 가득 차 있곤 했다. 금지되었지만 그보다 좋을 순 없었다. 아내를 안아주고 아이들과 놀고 책을 읽어주었다. 금지된 욕망은 다른 것들을 향한 욕망마저 부추겼다. 그는 욕망으로 순수해진 가슴으로 한 사람에게서 다른 사람에게로 그렇게 옮겨갔다. 파크 애버뉴에서 길을 건너다 길 복판에 섬처럼 떠 있는 인도에 서 있었다. 지평선까지 늘어선 신호등이 빨간색으로 바뀌고 있었다. 저 멀리 빌딩들이 부촌을 덮은 안개 속에서 장엄하게 서 있었다. 모자를 쓰고 외투를 입고 쇼핑백이나 서류가방을 든 사람들이 옆에 있었지만, 아무도 그보다 운이 좋지는 않았다. 이 도시는 파라다이스였다. 그의 삶이 독특했기에 이 도시는 더 특별한 곳이 되었다.

— 내가 당신의 정부인가요? 하루는 그녀가 물었다.

— 정부? 아니지, 그가 생각했다. 그건 너무 낡고, 철 지난 말이야. 몰락이나 운명 같은 말 이외엔 그녀를 설명할 만한 말이 생각나지 않았다.

— 와이프는 어떤 사람이에요? 그녀가 물었다.

— 와이프?

— 얘기하기 싫어요?

— 응. 그냥 자기가 좋아할 만한 사람이야.

— 운이 좋으면 그럴지도 모르죠.

—그 사람은 자기완 사는 방식이 달라.

— 나는 사는 방식을 모르는걸요.

—그렇지 않아.

— 당신은 남들이 갖지 못한 걸 갖고 있어.

—그게 뭔데요?

귀고리

— 진짜 대담한 거.

그날 저녁 집에 가니 아내가 말했다.

— 브라이언, 할 말이 있어요. 물어볼 게 있어요.

그는 심장이 한 박자 건너뛰는 걸 느꼈다. 아이들이 그에게 달려들었다.

— 아빠!

— 얘들아, 아빠와 얘기 좀 해야 한단다. 샐리가 이렇게 말하더니 거실로 앞장섰다.

— 무슨 일이야? 그가 태연한 척했다.

얘기인즉슨, 그레이스와 해리가 아이들을 데리고 8월에 2주 동안 별장에서 지낸다는 거였다. 릴리는 캠프를 보내고 이안도 어딜 보내든지 해서 샐리와 브라이언이 둘이서 휴가를 보내면 어떠냐는 거였다. 물론 안 되는 일이었다.

샐리는 얘길 계속했지만 브라이언의 귀엔 아무 소리도 들리지 않았다. 아직도 그를 겁먹게 한, 그 첫마디만 생각났다. 그 질문에 어떻게 답했을지 가상의 리허설을 계속했다. 과연 진실을 말할 수 있을까? 진실은 중요하지만 아무도 원하지 않는 어떤 것이다.

— 술을 먼저 한잔하자고. 그는 그렇게 말할 것이다. 차분해진 다음 얘길 하자고.

— 난 차분해질 수 없어요.

평소의 그녀로, 명민하고 이해심이 넓은 사람으로 돌아올 때까지 어떻게든 시간을 끌어야 할 것이다. 그러고 나서 그는 관점에 대해 뭐라고 말할 것이다.

— 쉬운 말로 해요.

—그렇게 쉬운 말로 하긴 어려워.

— 노력해보세요. 그녀가 말했다.

— 있을 수 있는 일이야. 당신은 똑똑하잖아. 세상 물정을 알 만큼 알잖아.

—그래요, 이제 말해봐요.

그녀의 입가가 아래로 당겨진 채 떨리고 있었다.

— 만나는 사람이 있어. 하지만 별거 아니야. 별거 아니란 거 알 수 있겠지?

— 여기서 나가요. 그녀가 말했다. 그리고 돌아오지 말아요. 아이들도 못 봐요. 내가 가만 안 둘 거예요. 자물쇠도 바꿀 거예요.

— 샐리, 이러지 마. 그러면 내가 못 산다는 거 당신도 알잖아. 드라마 찍지 말자고, 제발. 이건 우리 스타일이 아니야. 그는 말이 엉기기 시작했다. 다 해결할 수 있는 문제야. 파스칼도 당신 아버지의 애인이었잖아. 얼마나 오래 그랬는지는 굳이 얘기할 필요도 없고.

—그분들은 결혼했어요.

—그게 포인트가 아니잖아.

그는 말을 더듬기 시작했다.

—그러면 뭐가 포인트예요?

— 더 고차원적인 삶의 방식이 있다는 거지. 그걸 이해할

귀고리

지적 수준은 돼야 하잖아.

— 그게 다른 여자를 두는 거예요?

— 그런 식으로 쏘아대지마. 제발 부탁이야. 진부한 역할 게임을 하는 게 아니잖아. 우리는 그거보단 낫다고. 당신도 그걸 알고 있고.

— 내가 아는 건 당신이 사기꾼이라는 거예요.

— 난 사기꾼이 아냐.

— 아빠가 가만두지 않을 거예요.

그는 할 말이 없었다. 무슨 얘길 해도 속 좁은 아내가 찢어발길 터였다. 하지만 그런 일은 일어나지 않을 것이다.

한편, 패밀라는 사생활이 있었다. 그게 유일한 단점이었다. 밤에 외출을 했고 파티에 다녔다. 튀니지 대표단이 특히 괜찮다면서.

— 그 사람들, 노는 걸 정말 좋아해요. 그녀가 말했다.

— 당신 그러다가 플레이걸이 되겠어. 브라이언이 시큰둥하게 말했다. 그 남자들과 자지 않는다는 걸 내가 어떻게 알지?

— 알 거예요.

— 그럴지도 모르지. 당신이 내게 말하겠어? 진실을? 그 남자 이름이 뭔데?

— 타하르예요.

— 그러지 않았음 좋겠어.

— 안 그래요. 그녀가 말했다.

6월에 샐리와 아이들이 휴가를 보내러 별장에 가 있었다.

거의 그 주 내내 브라이언은 혼자 뉴욕에 남아 있었다.

— 내가 무슨 운이 그렇게 좋아서 당신을 만나게 됐을까?
그가 말했다.

그들은 붐비는 사람들 속에서, 그 아늑함 속에서 함께 저
녁 식사를 했다. 사람들의 말소리가 그들을 둘러쌌다. 거의
본 적이 있는 사람들이었다. 그곳에서 패밀라는 단연 가장 아
름다웠다.

— 우린 오래오래 친구가 될 거예요. 그녀가 약속했다.

부드러운 여명과 함께 찾아오는 여름의 아침들. 정욕과 함
께 시작되는, 옆에서 알람시계의 빨간 숫자가 조용히 깜빡이
고 첫 햇살이 나뭇가지를 비추는 아침이었다. 벗은 그녀의 등
은 깜짝 놀랄 만큼 아름다웠다. 그의 인생에서 가장 성스러
운 시간이었다.

어느 날 아침, 옷을 입으며 그녀가 물었다.

— 이게 누구 거예요?

침대 옆 협탁 위 접은 상자 안에 반짝거리는 귀고리가 들
어 있었다.

— 와이프 거예요?

귀고리 한 짝을 자기 귀에 해보았다. 거울 앞에서 고개를
이쪽 저쪽으로 돌리며 자기 모습을 비추어보았다.

— 이게 뭐죠, 은?

— 백금이야. 은보다 좋은 거지.

— 와이프 거군요.

— 다시 세공한 거야. 내가 가서 찾아오기로 했었어.

그녀를 보면 감탄하지 않을 수가 없다. 드러난 그녀의 목, 또 태연자약함.

— 빌려도 돼요? 그녀가 물었다.

— 안 돼. 내가 찾아온다는 걸 와이프가 알고 있어.

— 아직 안 됐다고 하면 되잖아요.

— 자기야…….

— 돌려드릴게요. 내가 안 줄까 봐 그래요? 그냥 한 번만 해볼게요. 와이프 것이지만 지금 이 순간만은 내 거잖아요.

— 아주 베티 데이비스 같다.^{베티 데이비스는 1930~1940년대를 풍미하던 미국의 여배우로, 그녀가 영화 속에서 했음직한 말 같다는 뜻}

— 누구요?

—그냥 잃어버리지 않도록 조심해. 그가 마지못해 승낙했다.

그게 화요일이었다. 그로부터 이틀이 지나 끔찍한 일이 생겼다. 인상파를 좋아하는 사람들이 개최한 파티가 있었는데, 장모 파스칼이 그 멤버였지만 그날 저녁 여행 중이라 참석할 수 없었다. 브라이언은 샐리가 하도 가달라고 해서 참석했다가 계단으로 올라오는 사람들 속에서 패밀라를 보았다. 질투가 치밀어 올랐는데 그녀가 말하지 않았기 때문에 더 심했다. 누구와 왔는지 보려고 사람들을 밀치며 앞으로 나갔다.

— 어이, 어딜 그렇게 바쁘게 가는 거야?

처형의 남편, 델이었다.

—그동안 어디 숨어 지냈어?

— 숨어요?

— 못 본 지가 몇 주째잖아.

브라이언은 그를 좋아했지만 지금은 아니었다.

— 이거 끝나고 저녁이나 함께 먹으러 가면 어때?

— 안 돼요. 브라이언이 생각해보지도 않고 대답했다.

— 그러지 말고 가자고. 엘리오스에 갈 거라고. 델이 고집했
다. 이 여자들을 좀 봐. 다들 어디서 온 거지? 내가 싱글일 때
는 이런 여자들이 없었는데 말이야.

브라이언에겐 아무 말도 들리지 않았다. 델의 뒤쪽으로 창
문 가까이, 5미터도 안 되는 거리에 패밀라가 마이클 브룰 씨
와 얘기하고 있는 모습이 보였다. 그냥 인사 정도가 아니라
무슨 얘길 하고 있었다. 그녀는 브라이언이 좋아하는, 옅은
하늘색 드레스를 입었다. 등이 깊게 파인 드레스였다. 귀에는
그 귀고리를 하고 있었다. 머리를 묶고 있어 꽤 똑똑히 보였
다. 분명했다. 그는 눈에 띄지 않게 더 가까이 갔다. 심장이 미
친 듯 뛰었다. 결국 장인이 자리를 떠났다.

— 자기, 지금 정신이 있는 거야? 그는 참을 수 없이 화가
났지만 목소리는 낮추었다.

— 안녕, 그녀가 반갑게 인사했다.

그 목소리엔 언제나 활기가 있었다.

— 지금 뭐 하는 거야? 그가 다그쳤다.

— 무슨 말이에요?

— 귀고리 말야!

귀고리

— 지금 하고 있잖아요. 그녀가 말했다.

— 지금 하고 있으면 어떻게 해. 그 사람은 내 장인이야. 장인이 사준 귀고리라고. 장인이 샐리한테 준 거야! 왜 여기에 하고 온 거야?

목소리는 낮았지만 옆에 있는 사람들은 그가 화를 내고 있다는 걸 알 수 있었다.

— 내가 그걸 어떻게 알았겠어요? 패밀라가 말했다.

— 맙소사. 내가 빌려주면 안 될 줄 알았어.

— 아, 도로 가져가요. 갑자기 짜증 난 목소리로 그녀가 말했다.

— 그만해.

그녀는 귀고리를 풀고 있었다. 화난 모습은 처음이었고 갑자기 자길 미워할까 봐 두려워졌다.

— 그러지 마, 제발. 화가 나야 하는 건 내 쪽이라고. 그가 말했다.

그녀는 그의 손에 귀고리를 밀어 넣었다.

— 그래요, 그녀가 말했다. 그가 봤어요. 그러곤 너무나 당당하게 말했다. 걱정 말라고요. 그 사람 아무 말도 하지 않을 테니.

— 무슨 뜻이야? 어떻게 그렇게 확신하지? 그녀의 대답이 갑자기 질병처럼 그를 무너뜨렸다.

— 걱정 말아요. 그는 말 안 해요. 그녀가 말했다.

누군가 다가와 그녀에게 와인 잔을 건네주었다.

— 고마워요. 그녀가 차분하게 말했다. 이쪽은 브라이언, 내 친구예요. 브라이언, 이쪽은 타하르예요.

그날 밤, 그녀는 전화를 받지 않았다. 그 다음 날 장인이 전화를 했고 점심을 하자고 했다. 중요한 일이라고.

그들은 브룰 씨가 좋아하는 레스토랑에서 만났다. 격식을 갖춘 서비스에 유럽 인처럼 보이는 손님들이 오는 곳이었다. 그의 사무실에서 가깝기도 했다. 브라이언이 도착했을 때 메뉴를 보던 브룰 씨가 고개를 들었다. 무테안경이 햇빛을 받아 희게 빛났고 그의 눈은 거의 보이지 않았다.

— 와줄 수 있어서 다행이네. 그는 다시 메뉴를 내려다봤다. 브라이언도 메뉴를 보려고 애쓰면서 지난밤 인사를 드리지 못했다고 잠깐 언급했다.

— 어젯밤 알게 된 사실에 대해 말할 수 없이 놀랐네. 브라이언의 말을 듣지 못했다는 듯 브룰 씨가 말했다.

웨이터가 옆에 서서 메뉴에 없는 요리들을 읊었다. 브라이언은 뭐라고 답할지 생각했지만, 주문을 하고 나서 말을 이은 건 브룰 씨였다.

— 자네 행동은 내 딸의 남편이 될 자격이 없는 행동이야.

— 어르신께서 그런 말을 하실 만한 입장인지 잘 모르겠습니다. 브라이언이 겨우 답했다.

— 말을 끊지 말게. 내가 하는 말을 끝까지 들으라고. 나중에 얘기할 기회를 주겠네. 자네가 젊은 여자와 바람을 피우고 있다는 사실을 알았네. 자세한 정황까지 알고 있어. 와이프나

아이들이 자네에게 조금이라도 가치가 있다면, 자네는 지금 위험한 짓을 하고 있는 거야. 샐리가 이 사실을 안다면 그 애는 자넬 떠날 거고, 이런 상황에서 양육권도 그 애가 갖게 될 거야. 나도 도울 거고. 다행스럽게도 그 애가 아직 모르니 아직 일을 완전히 망치지 않을 수도 있어. 자네가 필요한 일을 한다면 말이야.

그러고는 잠시 말을 멈췄다. 까다롭지만 답을 알고 있어야 하는 질문을 한 것처럼. 그러나 브라이언의 머릿속은 복잡했고, 갈피를 잡을 수 없었다.

― 제가 뭘 해야 하는데요? 그가 물었다. 하지만 그게 뭔지 모르지 않았다.

―그 여자를 잊어버리고 다신 보지 않는 거야.

그 아름다운 여자, 그 매끈한 어깨를 잊으라고.

― 어르신은요? 브라이언이 한껏 평정을 잃지 않으며 말했다.

브룰 씨는 못 들은 척했다.

―그러지 않으면, 브룰 씨가 계속했다. 생각하기도 끔찍한 일이지만 샐리도 이 일을 알 수밖에 없어.

그러지 않으려고 애를 써도 브라이언은 턱이 떨리고 있었다. 자존심도 상했지만 질투를 주체할 수 없었다. 장인이 모든 면에서 유리해 보였다. 손톱 손질을 받은 저 손으로 그녀의 몸을 만졌다니, 저 늙어가는 육체가 그녀의 몸 위에 겹쳐졌다니. 음식이 나왔지만 브라이언은 포크조차 들지 않았다.

— 알게 되는 사람은 샐리만이 아닐 텐데요. 장모님도 모든 걸 알게 된 텐데요. 그가 말했다.

— 나까지 끌어들이고 싶다는 말이라면, 그래봐야 소용없고 바보 같은 짓이라고밖엔 할 말이 없네.

— 하지만 어르신도 부정은 못하실 게 아닙니까? 브라이언이 지지 않고 말했다.

— 당연히 부정할 걸세. 자네가 잘못을 감추려고 남을 헐뜯는 황당한 얘기를 한다고 생각할 걸세. 아무도 자네 말을 믿지 않을 거야, 내가 확신해. 게다가 패밀라도 내 얘기대로 할 거야.

—그 무슨, 말도 안 되는 소립니까. 패밀라가 그럴 리 없습니다!

—그리 할 걸세. 내가 다 처리해놨어.

그녀를 볼 수도, 그녀와 얘기할 수도 없을 거라니. 해명이나 작별 인사도 없이.

— 믿을 수 없습니다. 브라이언이 말했다.

그는 자리에서 일어섰다. 의자를 뒤로 밀고 냅킨을 테이블 위에 떨어뜨린 후 실례한다는 말과 함께 자리를 떠났다. 브룰 씨는 식사를 계속했다. 그리고 웨이터를 불러 브라이언의 주문을 취소했다.

귀고리는 아직 그의 주머니 안에 있었다. 귀고리를 앞에 꺼내놓고 전화를 걸었다. 자리에 없다고, 그녀의 목소리가 흘러나왔다. 메시지를 남겨주세요. 그는 전화를 끊었다. 견딜 수

귀고리

없이 마음이 다급했다. 1분 1초가 고통스러웠다. 사무실로 찾아갈까도 생각했지만 거기선 얘기하기가 힘들 터였다. 자리에 없다면 아마 다른 사람의 사무실에 있을 것이다. 그 사실조차 불편했고 질투가 났다. 호텔 바를 떠올렸다. 짧은 검정색 치마를 입고 하이힐을 신고 들어왔었다. 새하얀 목에 파란 목걸이를 걸고서. 브룰 씨와 무슨 일이 있었다면 단순히 추접한 짓 정도일 것이다. 그 굵은 목소리로 뭐라고 속삭였거나, 소파에서 어설픈 짓쯤을 했을지도 모른다. 그녀는 결국 그가 하는 대로 내버려두고 말았을 것이다. 그런 게 아니라면 어떻게 그런 일이 있겠는가? 그는 다시 전화를 걸었다. 그날 오후 서너 번 더 전화를 했고, 전화를 해달라고 메시지를 남겼다. 중요한 일이라고.

6시 즈음 그는 어떻게 집으로 돌아갔다. 모두에게 역할이 주어진, 대단한 연극의 막이 오르는 듯한 저녁이었다. 창문에 하나둘씩 불이 켜졌고, 길가의 레스토랑은 사람들로 차기 시작했고, 공원에서 늦게까지 놀던 아이들이 집으로 뛰어갔다. 어디나 지켜야 할 약속이 있었다. 엘리베이터 안에서 얼굴을 모르는 예쁜 여자가 꽃을 한 아름 안고 위층 어딘가 올라가고 있었다. 여자는 그의 시선을 피했다.

집에 들어서자 유난히 텅 빈 것처럼 느껴졌다. 가구가 정적 속에 놓여 있었고, 부엌은 한 번도 안 쓴 것처럼 공기가 차가웠다. 집 안을 이리저리 걸어 다니다 의자에 주저앉았다. 6시 반이었다. 지금쯤이면 집에 와 있을 시간이었지만, 그녀는 집에 없었다. 술을 한 잔 만들어 의자에 다시 앉았다. 술을 한 모금 마시며 생각했다. 아니, 그보단 똑같은 무기력한 상념들이 머릿속을 더 깊게 좀먹게 놔뒀다는 표현이 맞을 것이다. 저녁이 천천히 집 안을 채웠다. 전등을 몇 개 켠 후 다시 전화를 걸었다.

초조해서 참을 수가 없었다. 그녀도 짜증이 날 테지만 한순간일 것이다. 그럴 수는 없었다. 브룰 씨가 어떻게 겁을 주었을 것이다. 하지만 그녀는 쉽게 겁을 내는 사람이 아니다. 술을 한 잔 더 마시고 전화를 계속했다. 10시가 조금 넘어 그녀가 전화를 받았다. 그의 심장이 한 박자를 건너뛰었다.

— 맙소사. 그가 말했다. 하루 종일 전화를 했어. 어디 있었던 거야? 통화가 안 돼서 미치는 줄 알았어. 장인과 점심을 했어. 속이 뒤집어질 뻔했다고. 그냥 걸어 나왔어. 장인하고 얘기했어?

— 예, 그녀가 말했다.

—그럴 줄 알았어. 뭐라고 해?

—그런 게 아녜요.

— 아니긴 뭐가 아냐. 나한테 협박을 했다고. 있어, 내가 지금 갈게.

— 아니, 안 돼요.

—그럼 자기가 오든지.

— 안 돼요. 그녀가 말했다.

— 왜 못 와? 자기가 오려면 올 수 있잖아. 나 기분이 너무

안 좋아. 그 노인네가 당신과 못 만나게 하려고 한단 말이야. 내 말을 들어봐, 자기. 아마 시간이 좀 걸릴지도 몰라. 내가 당신을 미치도록 좋아하는 거 알잖아. 이 세상에 당신만큼 중요한 건 없어. 그가 뭐라고 하든, 그걸 어쩌진 못해.

　—그렇겠죠.

　그때 그는 뭔가 금이 가는 것을 느꼈다. 깊게 균열이 생긴 것을. 어떤 참을 수 없는 일이 일어나고 있다는 걸 느꼈다.

　—'그렇겠죠'가 아니지. 당신도 알잖아. 나한테 말을 해봐. 사실을 말해달라고. 장인하고 언제 무슨 일이 있었던 거야? 그냥 알고 싶어. 날 만나기 전이야?

　—말하고 싶지 않아요. 그녀가 말했다.

　—그냥 말해봐.

　갑자기 전에 못했던 생각이 머리를 스쳤다. 갑자기 그녀가 왜 그렇게 머뭇거리는지 알 것 같았다.

　—한 가지만 말해줘. 그가 말했다. 장인이 당신을 계속 만나고 싶어 하는 거야?

　—아녜요.

　—사실이야? 당신 지금 사실대로 말하고 있는 거야?

　그녀 곁에는 타하르가 왕처럼 다리를 벌리고 의자에 앉아 지겨운 표정을 짓고 있었다.

　—사실이에요. 그녀가 말했다.

　—해결책이 뭔지는 모르겠지만 틀림없이 있을 거야. 브라이언이 다짐을 했다.

타하르는 그쪽 얘기만 들을 수 있었고 누구와 얘기를 하는지조차 알지 못했다. 하지만 턱으로 이제 그만하라는 눈치를 주었다. 팸은 알겠다고 고개를 끄덕였다. 타하르는 술을 마시지 않았지만 그 자체로 여자를 취하게 했다. 암갈색 피부와 하얀 치아, 그리고 옷에 밴 기묘한 향기까지. 그는 수크^{중동지역} ^{옥외 시장} 위에 도시가 내려다보이는, 상상도 못할 정도로 경치가 아름다운 아파트가 있었다. 숨 막히게 푸른 밤들과 이국적인 아침들을 그녀에게 안겨줄 수 있었다. 브라이언은 때로 기억이 날 것이다. 어쩌면 생각날 때 전화할 수 있는 그런 남자일 수도 있었다.

타하르는 약간 짜증난 표정으로 또 한 번 눈치를 주었다. 그에겐 이제 시작일 뿐이었다.

플라자 호텔

그 앞에 거대하고 희끄무레한 호텔
이 있었다. 널찍한 계단을 올라갔다.
커다란 테이블 위에 꽃이 놓인 로비에 들어서니,
사람들의 말소리가 들렸다.
아주 작은 소리까지, 컵과 포크가
부딪치는 소리마저 귀에 들렸다.
동물이 된 것처럼.

＊

폐장 시간이 다가오던 어느 늦은 오후, 그의 비서 케니가 수화기를 손으로 가리고 노린이란 여자에게 전화가 왔다고 말했다.

— 아는 분이라고 하던데요. 그녀가 말했다.

— 노린? 받을게. 아서가 말했다. 잠깐만.

그는 일어나 사무실 문을 닫았다. 그래도 유리로 그의 모습이 보였다. 그는 창문 쪽으로 몸을 돌려 밖에서 일어나는 일을 등지고 앉았다. 직원들 수십 명이—그중엔 여자도 있었다. 한때는 있을 수 없는 일이었지만— 컴퓨터 스크린을 들여다보며 전화 통화를 했다. 심장의 빠른 박동을 의식하며 입을 열었다.

— 여보세요?

— 아서?

그 한 단어에 온몸에 전율이 흘렀다. 가슴이 철렁하는 행복이랄까, 선생님이 이름을 불러줄 때 드는 기분.

— 나, 노린이에요. 그녀가 말했다.

— 노린. 어쩐 일이야? 와, 정말 오랜만이네. 어디야?

— 여기 있어요. 다시 돌아와서 여기 살아요. 그녀가 말했다.

— 진짜? 무슨 일 있었어?

— 헤어졌어요.

— 그랬구나. 그가 말했다. 유감이다.

그는 지극히 상투적인 말을 할 때조차 진심을 말하는 듯했다.

— 실수였어요. 그녀가 말했다. 하지 말았어야 했는데.

책상 주변 바닥엔 숫자로 가득한 종이와 리포트와 연간 보고서 들이 흩어져 있었다. 그는 정리를 잘 못했다. 사람들과 얘기하는 건 잘할 수 있었다. 얘기라면 하루 종일 할 수 있었다. 그는 정직한 사람이라는, 우직한 옛날 사람을 닮았다는 평을 들었다. 이를테면 예전에 고인이 된, 전쟁 전부터 파트너였던 헨리 브레이버나 팻시 밀링거의 아버지 같은 사람들이었다. 오나시스도 고객 중의 한 명이었다. 브레이버는 국제적으로 알려졌고, 진짜를 알아볼 줄 알았다. 아서는 그런 능력은 없었지만 말을 잘했고 또 들을 줄 알았다. 이 바닥에서 돈을 버는 방법엔 여러 가지가 있었다. 그는 주로 승산 높은 큰 덩치를 한두 개 잡아 두 배를 만드는 방식으로 일했다. 그리고 그는 고객과 매일 통화했다.

— 마크, 잘 지내시나? 당신이 여기 와봐야 하는데. 마이크
로닉스의 넘버^{주가지수}가 나왔는데 말이야, 다들 울고 있어. 거
기 뛰어들지 않은 게 얼마나 다행이야. 내가 재밌는 얘기해
줘? 이번에 진짜 똑똑한 놈들이 완전 꼴았어. 그가 목소리를
낮췄다. 그중에 모리스도 있어.

— 모리스? 누가 주사 안 놓나? 영원히 잠 좀 자게 말이야.

— 이번에 너무 머리를 굴리셨지. 공황을 살아남은 게 이번
엔 소용이 없었어.

모리스는 고객들이 사용하는 복사기 옆에 책상이 있었다.
그는 중역이었지만 퇴직을 하고 나선 할 일이 없었다. 플로리
다를 싫어했고, 골프는 원래 안 쳤다. 그래서 회사로 돌아와
다시 거래를 시작했다. 나이 때문에도 다른 직원들과는 갈렸
다. 새하얀 의치를 하고 늙은 부인과 함께 어떤 가공의 세상
에서 사는, 유물 같은 존재였다. 사람들은 모두 그를 놀렸다.
살아온 세월 때문에, 섬에 고립된 것처럼 사무실 책상과 아파
트에 고립되었다. 파크 애버뉴에 있는 그의 아파트에 가본 사
람은 아무도 없었다.

모리스는 마이크로닉스에 걸었다가 큰 손해를 봤다. 얼마
인지 알 수조차 없었다. 모리스는 물론 말을 안 했고, 아서는
마리에게서 캐내어 들었다. 마리는 주식 매매에 능한, 여자 같
지 않은 여자였다.

— 10만 달러예요. 그녀가 말했다. 아무 말 말아요.

— 걱정 말아, 달링. 아서가 말했다.

아서는 모르는 것이 없었고, 하루 종일 전화를 붙들고 앉아 있었다. 가십을 얘기하고 아부를 하고 새로 들은 소식을 전해주고…… 끝없는 대화였다. 그는 펀치영국의 꼭두각시 인형극 〈펀치와 주디〉에 나오는 인물. 매부리코와 곱사등이 특징이다와 비슷하게 생겼다. 매부리코에 턱 끝이 올라간 얼굴이었지만 웃음이 순박했다. 행복으로 가득했지만 한계를 아는 종류의 행복이었다. 그는 '프레크만 웰스'에 총 직원 수가 일곱 명일 때부터 있었는데, 지금은 직원 수가 거의 이백 명에 이르렀고 그 건물의 층 세 개를 차지했다. 그 자신도 돈을 벌었다. 상상했던 것보다 훨씬 더 벌었는데 사는 건 변하지 않아서 런던 테라스뉴욕 첼시에 있는 유서 깊은 대형 아파트에 그대로 살았다. 노린을 골디스에서 처음 만난 당시에도 그 아파트에 살고 있었다. 노린은 다른 여자들과는 달리 그를 보고 웃었고 그의 옆에 와서 앉았다. 처음부터 그들 사이엔 솔직한 뭔가가 있었다. 아, 노린. 물결처럼 흐르던 피아노 소리, 오래된 노래들, 그리고 사람들의 소음.

— 이혼했어요. 그녀가 말했다. 당신은 어때요?

— 나? 똑같지. 그가 말했다.

아래 길가엔 어디론가 서둘러 가는 사람들과 차들로 가득했다. 그 소리가 희미하게 들렸다.

— 정말? 그녀가 말했다.

그녀와 마지막으로 얘기를 나눈 건 오래전 일이었다. 한때는 늘 붙어 있던 사이였다. 매일 밤 골디스에 가거나 아니면 클락스에 갔다. 클락스도 단골이었다. 거길 가면 언제나 좋은 테이블을 얻었는데, 옆문이 있는 중간이나 사람들로 북적이는 뒷자리였다. 웨이터는 분필로 정성스레 쓴, 언제나 변하지 않는 메뉴판을 가져다주었다. 그들은 때로 길쭉한 바에 서서 술을 마셨다. 바엔 여자 손님에겐 절대 술이나 음식을 팔지 않는다는 표지판이 붙어 있었다. 매니저와 바텐더, 웨이터 모두가 그를 알았다. 클락스야말로 진정한 의미에서 그의 집이었다. 잠만 다른 곳에서 잘 뿐이었다. 보기와는 다르게 그는 술을 거의 마시지 않았다. 하지만 언제나 술값을 냈고, 바에 앉아 몇 시간씩 보내면서 가끔씩 화장실에 다녀왔다. 화장실은 그 자체로 하나의 건물이었다. 길고 고풍스러운 디자인에다가, 남자들은 대공大公처럼 얼음 위에 소변을 보았다. 클락스엔 광고계 남자들, 모델들, 그와 같은 부류의 남자들, 그리고 밤엔 비번인 경찰들이 왔다. 그는 노린에게 어떻게 경찰들을 분간하는지 알려주었는데, 검정 구두에 흰 양말을 신은 사람들이 경찰이라고 했다. 노린은 그런 말을 해주면 너무 좋아했다. 그곳에서 그녀는 스타였다. 예쁜 데다가 그 쾌활한 웃음. 웨이터들도 그녀를 이름으로 불렀다.

노린은 짙은 금발이었는데, 엄마는 그리스 인이라고 했다. 그리스 북부에는 금발이 많다고, 집안이 그곳에서 왔다고 했다. 로마 군단의 사병들은 차차 독일계 원주민들로 채워졌는데, 로마가 무너질 때 흩어졌던 군단의 일부가 그리스 산악 지방에 자리를 잡았다. 적어도 그녀가 들은 얘기는 그랬다.

—그러니까 난 그리스 사람이지만 독일 사람이기도 해요. 그녀가 아서에게 말했다.

— 아, 아니길 바라겠어. 그가 말했다. 난 독일 사람과 함께 다닐 수 없어.

— 무슨 말이에요?

— 사람들이 보는 곳에.

— 아서, 그녀가 설명했다. 있는 그대로 받아들여야지요. 당신은 당신, 나는 나, 그래서 이렇게 좋은 건데.

그녀는 그에게 말하고 싶은 것들이 있었지만 말하지 않았다. 그가 듣고 싶어 하지 않을 거라는 생각이 들어서였다. 어렸을 때 세인트 조지 호텔에서 보냈던 밤. 그때 열아홉이었고 어떤 남자가 잘해주어서 그를 따라 방으로 올라갔었다. 그 남자의 상관이 묵던 스위트룸이었다. 상관은 어디 가고 없었고 그들은 12년산 스카치를 마셨는데, 어느 순간 그녀는 팔을 뒤로 묶인 채 얼굴을 침대에 파묻고 있었다. 아서의 세상과는 딴판이었다. 아서의 세상은 점잖고 관대하고 다정했다.

그들은 거의 3년을 사귀었다. 생애 최고의 나날들이었다. 매일 밤 만났고, 그녀는 그의 직장에 관한 모든 걸 알았다. 그가 재밌게 얘기를 해주었다. 야망에 불타는 사람들, 파트너들, 버디 프래크만과 워렌 센더. 그리고 모리스가 있었다. 그녀는 실제로 엘리베이터에서 모리스를 한 번 본 적이 있었다.

— 굉장히 멋지세요. 대담하게도 그녀는 이렇게 말을 건넸다.

— 당신도요. 그가 웃으며 대답했다.

플라자 호텔

모리스는 그녀가 누군지 몰랐지만 잠시 후 그녀 쪽으로 몸을 기울여 이렇게 속삭였다.

— 여든일곱이오.

— 정말이요?

— 그럼요. 그가 자랑스레 말했다.

— 설마.

그녀는 이런 얘기를 들었다. 어느 날 아서와 버디가 점심을 먹고 돌아오다가 모리스가 길거리에 쓰러져 있는 것을 보았다. 흰 와이셔츠엔 피가 묻어 있었다. 넘어진 거였는데 두세 사람이 모여들어 그를 일으켜주었다.

— 보지 마. 그냥 가자고. 아서가 말했다.

— 그 사람은 운이 좋아요. 당신 같은 친구를 둔 것이. 노린이 말했다.

노린은 그레이 광고회사에서 일했다. 그래서 만나기가 더욱 편했다. 그녀를 만나면 그는 무척 즐거웠다. 완전히 친해졌을 때도 그랬다. 스물다섯의 그녀는 생기로 가득했다. 그 여름 처음으로 그녀가 수영복 입은 모습을 봤다. 비키니였다. 피부엔 윤기가 흘렀고, 그녀는 눈부시게 아름다웠다. 그녀의 배는 자의식 없는 어린 여자의 배였다. 그녀가 바다로 달려가 물에 뛰어들었다. 그가 물속에 들어가는 모습은 더 조심스러웠다. 군대에서 타이피스트를 하고, 의류 제조업체에서 세일즈를 하다가 월스트리트에서 일하게 된 부류의 남자에게 걸맞은 모습이었다. 그는 언제나 월스트리트에서 일하는 걸 꿈꾸었고,

보수가 없다고 해도 그곳에서 일할 사람이었다.

파도와 바다, 그리고 눈이 멀도록 새하얀 모래. 그들은 주말에 웨스트햄튼에 자주 갔다. 기차는 좌석이 없을 정도로 붐볐다. 근육질 가슴이 드러나는 티셔츠를 입은 젊은 남자들이 복도에 서서 농담을 주고받았다. 그의 옆에 앉은 노린에게서 행복감이 열기처럼 배어 나왔다. 그녀는 작은 금 십자가 목걸이를 했는데, 셔츠 위 가는 금줄에 10센트짜리 동전만 한 십자가가 걸려 있었다. 예전에 보지 못했던 거였다. 그가 목걸이를 보고 무슨 말을 하려는 순간 기차가 덜컹이더니 천천히 멈췄다.

— 뭐지? 무슨 일이야?

기차는 역이 아니라 낮은 둑을 옆에 낀 잡초가 무성한 곳 한복판에 섰다. 잠시 후 말이 돌았고, 기차가 자전거를 탄 사람을 치었다고 했다.

— 어디서? 어떻게? 아서가 말했다. 여긴 숲속인데.

아무도 그 이상은 알지 못했다. 사람들은 술렁이기 시작했다. 내려서 택시를 타고 가야 할 것인가, 그런데 도대체 어디란 말인가? 사람들이 어디쯤일 거라고 추측을 했다. 몇 명이 실제로 내려 기차를 따라 걸어갔다.

— 아, 내가 이런 일이 있을 줄 알았어. 아서가 말했다.

— 이런 일? 노린이 말했다. 어떻게 이런 일이라는 게 있을 수 있어요?

— 우리가 소를 치었을 때, 건너편에 있는 남자가 말을 받았다.

플라자 호텔

― 소요? 소도 치었나요? 아서가 놀라서 물었다.

― 한 2주 전쯤에요. 남자가 말해주었다.

그날 밤 노린이 바닷가재를 어떻게 먹는지 보여주었다.

― 우리 어머니가 이걸 알면 그 자리에서 돌아가실 거야. 아
서가 말했다. 남자는 유대인이고 바닷가재는 유대교 율법에 위배되는 음식이기 때문

― 어머니가 어떻게 아시겠어요?

― 날 자식으로 생각지 않을 거야.

― 집게발부터 먹어요. 노린이 말했다.

노린은 냅킨을 그의 셔츠 목둘레에 꽂아주었다. 그리고 이
탈리아 와인을 마셨다.

웨스트햄튼, 햇볕에 그은 그녀의 다리와 우유처럼 하얀 발
꿈치. 그녀 덕분에 젊어진 기분이었고, 심지어― 오, 하느님―
신사다워졌다. 그리고 기분이 좋았다. 해변에선 야자수로 엮
은 모자를 썼다. 그는 자기도 모르는 사이에 사랑에, 그것도
깊게 빠져들었다. 그동안 자신의 삶에 깊이가 없었다는 사실
을 깨달은 건 아니었다. 그저 그녀와 함께 있으면 행복했고,
전보다 더 행복하다고 느꼈다. 이 다정한 여자의 다리와 향기
와 그 똘똘하게 생긴 양쪽 귀가 그를 향해 있었다. 그리고 그
녀도 그와 있어 즐거워했다! 그들은 센더 씨 부부 집에 머물
렀는데, 그는 지하에 있는 방에서 자고 그녀는 위층에서 잤지
만 그래도 한 지붕 아래였고 아침이면 그녀를 볼 수 있었다.

― 언제 결혼할 거야? 모두가 물었다.

―그녀가 나와 결혼할 리 없어. 그가 얼버무렸다.

그러다가 그녀는 아무렇지도 않게 다른 사람을 만나고 있다고 했다. 말도 안 되는 남자였다. 바비 피로라고, 땅딸한 데다가 엄마한테 얹혀사는, 그 나이에 결혼한 적도 없는 노총각이었다.

—그 사람 머리가 까맣고 윤기가 있지. 아서는 착한 사람처럼 이렇게 말했다.

아서는 가볍게 얘기했고, 노린도 그랬다. 얘기가 나오면 바비와 그의 형제들, 데니스와 폴을 두고 농담을 했다. 그가 라스베이거스에 가고 싶어 하는 거며, 프랭크 시나트라가 제일 좋아하는 음식이었다면서 그의 엄마가 그녀에게 닭고기 베수비오 _{뼈째 자른 닭고기와 감자를 넣어 만든, 미국계 이탈리아 인들의 요리}를 만들어주는 것까지 놀렸다.

— 닭고기 베수비오, 아서가 말했다.

— 꽤 맛있었어요.

—그 사람의 엄마를 뵈었단 말이네.

— 난 너무 말랐어요. 그녀가 말했다.

— 들으니 우리 엄마와 비슷한데. 그분 이탈리아 사람 맞아?

그녀는 바비를 좋아했다. 적어도 조금 그렇다는 건 알 수 있었다. 그래도 그를 그렇게 중요한 인물로 생각하다니 난감했다. 다른 사람도 아니고 그의 얘기를 나누어야 하다니. 바비가 그녀와 함께 주말여행을 가고 싶어 하다니.

— 에우리피데스로. 아서가 말했다. 갑자기 속이 뒤집히는 걸 느꼈다.

플라자 호텔

―그렇게 좋은 데는 아녜요.

에우리피데스 호텔 같은 건 존재하지 않았지만 그들은 언제나 바비가 에우리피데스가 누군지 모른다는 사실을 놀렸다.

―그 사람이랑, 에우리피데스에 가지 마. 그가 말했다.

―그럴 수 없어요. 그리스잖아요. 그녀가 말했다. 우리 그리스 인들에겐.

그러던 10월의 어느 날 밤, 그의 집 초인종이 울렸다.

― 누구세요? 아서가 말했다.

― 저예요.

그가 문을 여니 그녀가 문 앞에 서 있었다. 억지로 웃으면서

― 들어가도 돼요?

― 물론이지, 달링. 물론. 들어와. 무슨 일이야, 무슨 일 있어?

― 아니, 아무 일 없어요. 그냥 들러야겠다는…… 생각이 들었어요.

집 안은 깨끗했지만 황량했다. 그는 앉아서 책 한 장 읽는 일이 없었고, 세일즈맨처럼 침실에서 살았다. 커튼은 오랫동안 한 번도 빨지 않았다.

― 여기, 와서 앉아. 그가 말했다.

그녀의 걸음걸이가 조심스러웠다. 술을 마신 걸 알 수 있었다. 먼저 손으로 의자를 짚더니 앉았다.

― 뭐 마실래? 커피? 커피를 좀 끓일게.

그녀는 주변을 둘러봤다.

— 내가 여기 와본 적이 없잖아요. 이게 처음이에요.

— 집 같지도 않은데, 뭐. 좀 나은 집을 찾아야 할 텐데 말이야.

— 저게 침실이에요?

— 응. 그가 말했지만 그녀는 벌써 다른 곳을 바라보고 있었다.

— 그저 얘기가 하고 싶었어요.

— 그래. 무슨 얘기?

그는 알고 있었다. 아니, 유감스럽게도 알고 있었다.

— 우리 오래 알아왔잖아요. 얼마나 됐죠, 3년?

그는 긴장했다. 알 수 없는 방향으로 가는 대화에. 실망시키고 싶지는 않았지만 한편으론 그녀가 원하는 게 뭔지 알 수 없었다. 그를 원하는가? 지금 와서?

— 당신은 똑똑한 사람이에요. 그녀가 말했다.

— 나? 오, 아니지, 아냐.

— 당신은 사람들을 이해하고 있잖아요. 커피 좀 만들어줄 수 있어요? 좀 마셔야 할 것 같아요.

그가 바삐 움직이는 동안 그녀는 조용히 앉아 있었다. 흘긋 보니 그녀는 창밖을 빤히 내다보았다. 창 너머로 아파트 빌딩의 불빛이 보였고, 하늘은 별빛 없이 까맸다.

— 그러니까, 커피 잔을 손으로 감싼 채 그녀가 말했다. 조언을 좀 주세요. 바비가 결혼하자고 해요.

아서는 말이 없었다.

플라자 호텔

— 나와 결혼하고 싶어 해요. 내가 그 사람을 한 번도 진지하게 생각하지 않은 건…… 난 그 사람을 항상 놀렸잖아요. 너무 전형적인 이탈리아 사람인 데다가 그 바보같이 웃는 얼굴에다가…… 그 이유는 내내 덴마크 여자와 만나고 있었기 때문이에요. 오데라는.

— 뭔가 있으리란 짐작은 했었어.

— 어떻게요?

— 아, 어딘가 좀 이상하더라고.

—그 여자를 만난 적은 없어요. 그냥 예쁘고 억양이 멋진 여자일 거라 상상만 했죠. 알잖아요, 스스로를 학대하는 거.

— 아, 노린. 그가 말했다. 이 세상에 당신만큼 멋진 여자가 어디 있어.

— 아무튼 그 사람이 어제 그 여자와 헤어졌다고 하더군요. 다 끝났다고. 나 때문에 그렇게 했다고. 자기가 사랑하는 건 나라고, 나와 결혼하고 싶다고.

— 음, 그건…….

아서는 뭐라고 말해야 할지 몰랐다. 바람에 날리는 종잇장처럼 생각이 머릿속에서 갈피를 잡지 못했다. 결혼식에서 누가 이 결혼에 반대하는 사람이 없느냐고 묻는, 겁나는 순간이 있다. 지금이 바로 그 순간이었다.

— 뭐라고 대답했어?

— 대답 안 했어요.

그들 사이에 건널 수 없는 심연이 생기고 있었다. 거기 두 사람이 앉아 있는 동안 그렇게.

　— 이 일에 대해서 무슨 생각이나 하고 싶은 말이 있어요? 그녀가 물었다.

　— 응, 내 말은, 생각해봐야겠어. 좀 놀랍기도 해서.

　— 나도 그랬어요.

　그녀는 커피는 한 모금도 마시지 않았다.

　— 여기서 이렇게 아주 오래 앉아 있을 수 있을 것 같아요. 그녀가 말했다. 다른 어떤 곳보다 편안해요. 그래서 모르겠어요. 그에게 뭐라고 답해야 할지.

　— 좀 두려워. 그가 말했다. 설명할 수는 없지만.

　— 물론 그렇겠지요. 진심으로 이해하는 목소리였다. 정말이에요, 알 것 같아요.

　— 커피 식어. 그가 말했다.

　— 아무튼, 그냥 당신이 사는 곳을 보고 싶었어요. 그녀가 말했다. 목소리가 갑자기 달랐다. 더 이상 얘기를 지속할 의사가 없어진 듯.

　그는 그때 깨달았다. 저기 앉은 그녀가, 밤에 자기 아파트를 찾아온 이 여자가, 그가 사랑한 이 여자가 자신에게 정말로 마지막 기회를 주고 있다는 사실을. 이 기회를 잡아야 한다는 걸 그는 알고 있었다.

　— 아, 노린. 그가 말했다.

　그날 밤 이후로 그녀는 사라졌다. 당장은 아니었지만 그렇다고 오래 걸리지도 않았다. 그녀는 바비와 결혼했다. 죽는 것

플라자 호텔

만큼이나 간단했지만 그걸로 끝은 아니었다. 영원히 사라질 것 같지 않았다. 그의 뇌리 속에 그녀는 남아 있었다. 그도 그녀 속에 존재할까? 가끔씩 궁금했다. 그녀는 아직도, 아주 조금이라도, 그와 같은 감정을 갖고 있을까? 세월은 소용이 없는 듯했다. 그녀는 뉴저지 어딘가에 살고 있을 터였다. 그가 상상할 수 없는 곳에서. 아마 아이를 낳아 가족을 꾸렸을지도 모른다. 한 번이라도 그의 생각을 할까? 아, 노린.

그녀는 변하지 않았다. 목소리를, 전처럼 그에게 말하는 걸 들으면 알 수 있었다.

— 애들도 있겠네. 그가 지나가듯 말했다.

— 그가 원하지 않았어요. 많은 문제들 중 하나였죠. 어쨌거나 모두 흘러간 물이죠, 그가 자주 쓰던 표현으로. 나 이혼한 거 몰랐어요?

— 몰랐어.

— 마리와 가끔 연락을 주고받았는데. 그녀가 은퇴할 때까지요. 당신이 어떻게 지내는지 마리가 알려줬어요. 이제 거물이라고.

— 그렇진 않아.

— 난 당신이 그렇게 될 줄 알았어요. 다시 볼 수 있다면 좋겠는데. 그동안 얼마나 됐지요?

— 아, 오래됐지.

— 웨스트햄튼에 가끔 가세요?

— 아니, 안 간 지 한참 됐어.

— 골디스는요?

— 거기 문 닫았어.

— 아, 그랬었지요. 그때가 좋았어요.

애기할 때 편한 건 그대로였다. 그녀의 크고 환한 웃음이 떠올랐다. 그 행복한 웃음과 근심 없는 걸음걸이.

— 만나고 싶어요. 그녀가 다시 말했다.

그들은 플라자 호텔에서 만나기로 했다. 그녀가 다음 날 그 근처에 볼일이 있다고 했다.

그는 5시 조금 안 돼서 5번가를 걸어 올라가기 시작했다. 확실한 건 아무것도 없었지만 마음은 평온했다. 알 수 없는 운명의 손에 맡긴 채. 그 앞에 거대하고 희끄무레한 호텔이 있었다. 널찍한 계단을 올라갔다. 커다란 테이블 위에 꽃이 놓인 로비에 들어서니, 사람들의 말소리가 들렸다. 아주 작은 소리까지, 컵과 포크가 부딪치는 소리마저 귀에 들렸다. 동물이 된 것처럼.

분홍색 꽃 화분들을 지나, 금장식한 커다란 기둥을 지나, 유리 너머 보이는, 사람들로 북적이는 팜 코트^{플라자 호텔에 있는 라운지}에 그녀가 앉아 있었다. 순간 그녀가 맞는지 헷갈렸다. 그는 옆으로 비켜섰다. 그녀가 봤을까?

들어갈 수가 없었다. 대신 그는 돌아서서 복도로 내려가 화장실에 들어갔다. 검정색 바지에 줄무늬 조끼를 입은, 나이 든 남자가 타월을 건네주었다. 자기도 많이 변했는지, 아서는 기다란 거울 속에 비친 자기 모습을 들여다봤다. 쉰다섯의, 늘 보던 만화 같은 얼굴이었다. 반쯤 코믹하고, 친절해 보이는. 그보다 나쁘진 않았다. 보조원에게 1달러를 주고 팜 코트로 들어갔다. 시끄러운 테이블 가운데, 가짜 촛대와 불이 켜진 샹들리에 가운데, 노린이 기다리고 있었다. 그는 으레 하듯 웃어 보였다.

— 아서, 세상에, 당신 전과 똑같아요. 하나도 안 변했네요.

그녀가 흥분한 듯 말했다. 나도 그랬으면 좋겠지만.

믿을 수 없었다. 그녀는 전보다 스무 살이 더 많았고, 체중도 불었다. 얼굴까지 통통했다. 세상에서 가장 아름다운 여자였는데.

— 좋아 보이는데, 그가 말했다. 어디서 만나도 알아볼 수 있겠어.

— 당신이야말로 좋아 보여요. 그녀가 말했다.

— 글쎄, 나쁘진 않아.

— 나도 그렇죠. 다들 어떻게 됐어요?

— 누구?

— 모리스는요?

— 돌아가셨어. 5~6년 전에.

— 아, 그랬군요.

— 그전에 큰 저녁 파티를 열어줬어. 아주 좋아하셨지.

— 있죠, 당신과 만나고 싶었어요. 전화를 하고 싶었지만 그 지겨운 이혼 수속을 하느라…… 암튼, 이제 자유예요. 당

신의 조언을 따랐어야 했는데.

─그게 뭔데?

─그와 결혼하지 말라는 거요. 그녀가 말했다.

─ 내가 그랬어?

─ 아뇨, 하지만 당신이 별로 좋아하지 않았잖아요.

─ 질투가 났으니까.

─ 정말요?

─ 물론이지. 이봐, 이제 인정할 건 인정해야지.

그녀가 그를 보고 웃었다.

─ 우습지 않아요? 그녀가 말했다. 당신과 만난 지 5분도 안 지나 그동안 아무 일도 없었던 것 같으니.

그녀가 입고 있는 옷까지 예전의 그녀가 아니었다.

─ 사랑은 죽지 않으니까. 그가 말했다.

─ 진심이에요?

─ 당신도 알잖아.

─ 봐요, 저녁 할 수 있어요?

─ 아, 달링, 그가 말했다. 나도 그러고 싶지만 그럴 수가 없어. 당신이 알고 있는지 모르겠지만 나 약혼했어.

─그렇군요. 축하해요. 그녀가 말했다. 몰랐어요.

왜 그런 말을 했는지 자신도 알 수 없었다. 태어나서 처음 해보는 말이었다.

─ 정말 잘됐네요. 그녀가 덤덤하게 말했다. 그를 보고 웃었지만, 그 웃음은 알고 있었다. 그 말이 사실이 아니라는 걸. 하

플라자 호텔

지만 그는 오랜 커플처럼 그녀와 나란히 클락스에 걸어 들어
가는 걸 상상할 수 없었다.

— 이제 정착을 해야겠다고 생각했어. 그가 말했다.

— 물론이죠.

그녀는 그의 얼굴을 보지 않고 자기 손을 내려다봤다. 그러
곤 다시 웃었다. 그를 용서하는 것이리라. 그게 다였다. 그녀
는 언제나 이해심이 많았다.

그들은 계속 얘기를 나누었지만 이렇다 할 얘긴 없었다.

그는 오래된 모자이크 타일이 장식된 그 입구로 나왔다. 사
람들은 계속 들어왔다. 밖은 아직도 밝았다. 저녁이 오기 전
투명한 빛이었다. 공원을 향해 난 천 개의 창문 위로 지는 해
가 빛났다. 한때 노린이 그랬던 것처럼 하이힐을 신은 젊은 여
자들이 혼자서 또는 어울려서 길을 걸었다. 그들과 언제 점심
이라도 하긴 힘들 것이다. 그는 그의 인생 한가운데 거대한
방을 가득 채웠던 사랑을 생각했고, 다시는 그런 사람을 만
날 수 없을 거라 생각했다. 왜 그랬는지 알 수 없었지만, 길
위에서 그는 눈물을 터뜨리고 말았다.

방콕

당신은 언제나 치아가
고른 여자를 좋아했지.
팔이 가는 여자도. 그리고
어떻게 표현해야 할까······
훌륭한 젖가슴도 좋아했지.
클 필요는 없어도 사이즈가
적 당 한 , 그 렇 지 ?
그리고 긴 다리. 당신 아직
도 손을 묶는 걸 좋아해?
예 전 엔 좋 아 했 잖 아 .
여자들이 하게 해줄지 아닐
지 언제나 궁금해 했었잖아.
말 해 봐 , 크 리 스 , 당
신 날 사 랑 했 어 ?

⁛

홀리스는 가게 뒤쪽에 있는 책상에 앉아 잔뜩 쌓인 책 더미 속에서 글을 쓰고 있었다. 그때 캐럴이 들어왔다.

— 안녕, 그녀가 말했다.

— 와, 이게 누구야, 그가 쿨하게 말했다. 잘 있었어?

그녀는 회색 면 스웨터에 몸에 붙는 스커트를 입었다. 언제나 그랬듯 옷을 잘 입었다.

— 내 메시지 받았어? 그녀가 물었다.

— 받았지.

— 근데 전화를 안 하더라.

— 안 했지.

— 전화 안 하려고 했어?

— 물론이지. 그가 말했다.

지난번 봤을 때보다 그의 얼굴은 넓적해졌고, 이발할 때가 됐는지 머리가 어깨에 닿았다.

— 당신 아파트에 갔었는데 당신은 없더라고. 팸과 얘기했어. 이름 맞지? 팸.

— 맞아.

— 오래는 아니었지만 얘기를 했어. 얘기엔 별로 관심이 없는 것 같더라. 좀 수줍어하는 편인가?

— 아니, 그런 편은 아닌데.

— 팸에게 뭘 좀 물어봤어. 뭔지 알고 싶지 않아?

— 별로, 그가 말했다.

그는 몸을 뒤로 젖혔다. 재킷은 의자 등받이에 걸쳐놓았고 소매는 걷어 올린 채였다. 그녀는 갈색 가죽 끈이 달린 둥근 손목시계에 눈이 갔다.

— 당신이 아직도 빨아주면 좋아하는지 물었어.

— 당장 나가, 그가 소리쳤다. 어서, 나가라고.

— 아무 대답을 안 하더라고. 캐럴이 말했다.

그는 순간 무슨 일이 일어날까 봐 두려웠고, 거의 죄책감까지 느꼈다. 한편으론 그녀의 말을 믿지 않았다.

— 그래서, 아직 좋아해? 그녀가 말했다.

— 제발 가, 알았어? 제발, 그가 진정된 목소리로 말했다. 가라는 손짓을 했다. 진심이야.

— 오래 있지 않을 거야. 몇 분 정도면 된다고. 당신을 보고 싶었어. 그게 전부야. 왜 전화 안 했어?

혈통이 좋은 집안 사람처럼 그녀의 긴 코는 높고 우아했다. 사람들의 모습은 언제나 기억과 다르다. 언젠가 그녀가 레스토랑에서 걸어 나오는 모습이 떠올랐다. 긴 점심 식사 후 계단을 걸어 내려오는데 히프에 붙는 실크 드레스를 입었고 바람이 실크 드레스 위로 다리를 드러냈다. 그리고 그 오후의 시간들. 그는 잠시 생각했다.

그녀는 건너편에 있는 가죽 의자에 앉아 알 듯 모를 듯한 웃음을 지었다.

— 여기 좋은데.

1층엔 방을 한두 개 만들 수 있는 공간이 있었다. 창문은 하나밖에 없었고 쪽마루가 낡긴 했지만, 정원엔 잔디가 있었고 이웃집들의 뒤편이 보였다. 홀리스는 귀중본과 필사본을 취급했는데, 대개는 서신을 팔았다. 그는 사업 규모에 비해 물건이 많은 편이었다. 옷가게를 10년 동안 한 후에 자신이 정말 좋아하는 일을 발견한 것이다. 천장은 높았고 책장은 책으로 가득했다. 바닥에는 사진 액자 몇 점을 책장에 기대어 놓았다.

— 크리스, 그녀가 말했다. 물어볼 게 있어. 그때 다이애나 월드가 개네 엄마 집에서 점심 식사 할 때 우리 사진 찍어준 거 기억나? 고물 차로 언덕처럼 만들어놓고 찍은 거 말이야. 그 사진 아직 있어?

— 없어졌어.

— 나 그 사진 정말 갖고 싶어. 멋진 사진이었잖아. 그때가

좋았는데 말이야. 그녀가 말했다. 그 보트하우스^{주거용 보트}는 생각나?

— 물론이지.

— 내가 기억하는 것처럼 당신도 기억하는지 모르겠다.

—그건 알 수 없지. 그는 낮고 확고한 목소리로 말했다. 목소리엔 자신이 가득했는데, 어쩌면 지나친 자신감일 수도 있었다.

— 당구대, 그거 기억나? 창문 옆에 있는 침대도?

그는 대답을 하지 않았다. 그녀는 책상 위에 쌓인 책 중 한 권을 집어 손가락으로 훑었다. e. e. 커밍스, 『거대한 방』, 표지 밑쪽이 닳아서 약간 뜯겼고, 표제지에 약간 얼룩이 있지만 그 외 상태는 매우 양호. 초판. 책값은 면지 위쪽 구석에 연필로 적혀 있었다. 그녀는 천천히 책장을 넘겼다.

— 당신이 그렇게 좋아하던 부분이 있던 그 책인데, 어디였더라?

— 장 르 네그르.

— 맞아.

— 아직도 최고야. 그가 말했다.

— 왜 그런지 앨런 배런이 생각나는데. 아직 연락하고 지내? 결국 출판을 했나 몰라. 만날 탄트라 요가 얘길 하면서 나더러 해보라고 했는데. 가르쳐준다면서.

—그래서 가르쳐줬어?

— 농담 말아.

긴 엄지손가락으로 책장을 계속 훑으며 넘겼다.

─그 사람들 매일 탄트라 요가 얘길 했어. 그녀가 말했다. 아니면 페니스 크기 얘길 하거나. 당신은 안 그랬지. 그래서, 팸은 어떻게 지내? 난 잘 모르겠더라. 행복하게 살아?

─ 아주 행복하지.

─ 잘됐네. 이제 딸도 있지. 몇 살이라고 했지?

─ 클로에야. 여섯 살이고.

─ 와, 많이 컸네. 그 나이면 알 만한 건 다 알지, 그렇지 않아? 아는 건 알고 모르는 건 모르고. 그녀가 말했다. 책을 덮어 내려놨다. 아이들의 몸은 너무 맑아. 클로에도 몸매가 예뻐?

─ 기절할 거야. 그가 아무렇지도 않게 말했다.

─ 완벽한 작은 몸. 상상이 된다. 딸 목욕도 시키나? 물론 그러겠지. 당신은 좋은 아빠니까. 모든 여자애들이 가져야 할 그런 아빠. 딸이 크면 당신이 어찌 될지 궁금한데? 남자애들이 모여들기 시작하면 말이야.

─ 모여들 정도로 많지는 않겠지.

─ 아, 제발. 당연히 모여들지. 날개를 파닥거리며 올 거다. 당신도 알잖아. 가슴도 커질 거고, 또 그 보드라운 음모도 나기 시작하겠지.

─ 알겠지만, 캐럴, 당신은 역겨워.

─ 당신은 생각하고 싶지 않겠지. 하지만 그 아이도 여자가 될 거야. 당신도 알잖아, 젊은 여자. 그 나이의 여자들에 대해 당신이 느끼던 감정을 기억하겠지. 뭐, 당신이 마지막은 아니

라고. 그런 감정은 계속될 거고, 당신 딸이 그 일부가 되겠지.
완벽한 몸매, 그리고 등등등. 그건 그렇고 팸은 몸매가 어때?

— 당신 건 어때?

— 안 보여?

— 제대로 안 봐서 모르겠는데.

— 아직도 섹스는 해? 그녀는 무심한 투로 말했다.

— 하지.

— 난 안 해. 거의.

—그건 믿기 힘든데.

— 섹스는 항상 기대 이하라는 거, 그게 문제야. 충분하지
도 예전 같지도 않아. 당신 지금 몇이지? 좀 살이 오른 거 같
네. 운동은 해? 사우나에 가서 자기 몸을 보기나 하느냐고?

— 시간 없어.

— 뭐, 시간이 있다면 말이야. 좀 한가하면 사우나 하고, 샤
워하고, 옷 갈아입고, 그리고, 너무 이르지 않다면 오데온이나
그런 데 가서 한잔 마시며 누가 있는지, 여자들이 왔는지 볼
수 있을 텐데 말이야. 바텐더를 시켜서 술을 권하거나 아니면
직접 가서 말을 걸 수도 있겠지. 저녁을 먹으러 어딜 갈 건지,
계획이 있는지. 쉽잖아. 당신은 언제나 치아가 고른 여자를 좋
아했지. 팔이 가는 여자도. 그리고 어떻게 표현해야 할까……
훌륭한 젖가슴도 좋아했지. 클 필요는 없어도 사이즈가 적당
한, 그렇지? 그리고 긴 다리. 당신 아직도 손을 묶는 걸 좋아
해? 예전엔 좋아했잖아. 여자들이 하게 해줄지 아닐지 언제나

궁금해 했었잖아. 말해봐, 크리스, 당신 날 사랑했어?

— 사랑? 그는 의자에 몸을 묻은 채 뒤로 젖혔다. 처음으로 그녀는 요즘 그가 예전보다 술을 더 마시는 게 아닐까 하는 생각이 들었다. 얼굴을 보면 그랬다. 그때는 매 순간 당신 생각만 했지. 그가 말했다. 당신이 하는 일은 모두 좋았고. 완전히 신선했어. 당신이 말하는 거, 하는 행동 모두 그랬어. 다른 사람과 비교도 할 수 없었지. 당신만 있으면 모두 가진 것 같았어. 내가 인생에서 꿈꾸었던 모든 것. 당신을 정말 좋아했어.

— 다른 여자들은 안 그랬어?

— 당신이랑 비슷한 여자는 없었어. 난 영원히 당신을 마음껏 즐길 수 있었어. 당신을 마음으로 정해놓았었지.

—그럼 팸은? 팸은 마음껏 안 즐겼어?

— 조금. 팸은 좀 달라.

— 어떤 면에서?

— 팸은 다 즐기고서 또 다른 사람과 그러지는 않아. 여행에서 돌아왔는데 다른 남자와 침대 위에서 즐기는 걸 보고 놀라지 않아도 된다고.

—그렇게 즐겁진 않았어.

—그거 안됐군.

— 즐거움과는 거리가 멀었어.

—그러면 왜 그랬어, 도대체?

— 나도 몰라. 그냥 다른 걸 해보고 싶다는 바보 같은 충동

161

을 느꼈을 뿐이야. 행복은 다른 걸 갖는 게 아니라 언제나 똑같은 걸 갖는 데 있다는 걸 난 그때 몰랐어.

그녀는 자기 손을 보았다. 길고 유연한 엄지손가락이 다시 그의 눈에 들어왔다.

— 맞는 말이지? 그녀가 덤덤하게 물었다.

— 추접하게 굴지 마. 아무튼 당신이 진짜 행복에 대해 알기나 해?

— 아, 그런 적이 있어.

— 정말?

— 응. 그녀가 말했다. 당신하고 살 때.

그가 그녀를 보았다. 그녀는 그의 눈을 보지 않았고, 웃지도 않았다.

— 나 방콕에 가게 됐어. 그녀가 말했다. 뭐, 홍콩에 먼저 들렀다가. 페닌술라 호텔에 묵은 적 있어?

— 난 홍콩에 가본 적 없어.

— 어딜 가나 그 호텔이 최고라며. 베를린, 파리, 도쿄.

— 난 그런 거 몰라.

— 왜, 당신도 호텔을 알지. 베니스에서 그 극장 옆에 작은 호텔 기억나? 길에서 무릎까지 물이 찼었지.

— 나 할 일 많아, 캐럴.

— 아, 그러지 마.

— 난 일이 있잖아.

— 알았어. 이 e. e. 커밍스 얼마야? 그녀가 말했다. 내가 살

테니 몇 분 쉬라고.

— 벌써 팔렸어. 그가 말했다.

— 아직 책에 가격이 적혀 있는데?

그가 어깨를 약간 으쓱했다.

— 베니스에 대해 대답해줘. 그녀가 말했다.

—그 호텔 기억나. 자, 이제 일어나자고.

— 나 친구랑 방콕에 가기로 했어.

그는 미미했지만 심장이 박동을 하나 건너뛰는 걸 느꼈다.

— 좋네. 그가 말했다.

— 몰리. 당신도 그녀를 좋아할 거야.

— 몰리.

— 우린 함께 여행을 다녀. 아빠 돌아가신 거 알지?

— 몰랐어.

— 응, 1년 전에. 돌아가셨어. 이제 내 걱정도 끝났어. 그래
서 기분이 좋아.

—그렇겠지. 난 당신 아빠를 좋아했어.

그는 정유 사업 쪽에 있는 사람이었는데, 사교적이었고 편견
이 좀 있었다. 하지만 자기도 그 사실을 기꺼이 인정했다. 비싼
양복을 즐겨 입었고 두 번 이혼했지만 외롭게 살지는 않았다.

— 방콕에서 몇 달 지내다가 아마 유럽으로 해서 돌아올
것 같아. 캐릴이 말했다. 몰리는 멋쟁이야. 무용을 했거든. 팸
이 뭘 했더라? 선생이었던가? 뭐, 팸을 좋아하면 몰리도 좋아
할 거야. 몰리를 아직 모르지만 알게 될 거야. 그녀가 말을 멈

쳤다. 우리랑 같이 안 갈래? 그녀가 말했다.

홀리스는 좀 웃었다.

— 나눠 가질 수 있는 여자인가 보지? 그가 말했다.

— 꼭 그럴 필요는 없어.

자기를 괴롭히려고 이런다는 걸, 그는 알고 있었다.

— 가족과 일을 버리고, 그냥 그렇게?

— 고갱도 그랬잖아.

— 난 그것보단 좀 책임감이 있는 사람이거든. 당신이라면 그럴 수 있을지 몰라도.

— 선택을 할 수 있다면, 그녀가 말했다. 삶과 그리고…….

— 뭐?

— 삶과 사는 척하는 것 중에 말이야. 모르는 척하지마. 당신보다 더 잘 아는 사람은 없어.

그는 뜻하지 않은 분노를 느꼈다. 사냥은 끝났다고, 그는 생각했다. 끝날 것이다. 그녀가 계속 말을 이었다.

— 여행 말이야. 동양. 다른 세상의 공기. 목욕하고, 술 마시고, 책 읽고…….

— 당신과 내가 말이지.

— 몰리도 있어. 선물이지.

— 글쎄, 잘 모르겠네. 어떻게 생겼는데?

— 예뻐. 날 어떻게 보는 거야? 당신을 위해 내가 몰리의 옷을 벗겨줄게.

— 내가 우스운 얘기 하나 할까? 홀리스가 말했다. 언젠가

들은 얘기. 이 우주에 있는 모든 것이 말이지, 행성하고 은하수 모든 거, 전 우주가 쌀알만 한 것이 폭발해서 만들어졌다고 하더라. 지금 여기 있는 거, 태양과 별과 지구와 바다와 모든 거, 내가 당신에게 품은 감정을 포함해서 말이야. 그날 아침 허드슨 스트리트에서, 창가에서 다리를 올리고 햇빛 속에 앉아 얘기를 했고, 행복했어. 난 그걸 알고 있었어. 우린 사랑에 빠져 있었어. 그 순간 나는 삶에서 바라는 모든 걸 갖고 있었어.

— 그걸 느꼈어?

— 물론이야. 누구라도 그랬을 거야. 모두 기억해. 하지만 지금은 그 감정을 느낄 수 없어. 이제 지나갔어.

— 슬픈 일이네.

— 난 그 이상을 갖고 있어, 지금. 사랑하는 아내와 아이.

— 진짜 진부한 말이다. 사랑하는 아내라니.

— 그게 진실이야.

— 그리고 당신은 앞으로 함께할 절정의 세월을 기다리겠네.

— 절정은 아니겠지.

— 그래, 맞아.

— 절정을 매일 맛볼 수는 없어.

— 그렇지. 하지만 그만큼 좋은 걸 경험할 수는 있어. 그녀가 말했다. 그런 기대는 할 수 있다고.

— 좋다고. 당신이나 마음껏 하라고. 당신과 몰리.

— 당신을 생각할게, 크리스. 방콕에서, 강 위에 있는 보트 하우스에서.

— 아, 그럴 필요는 없어.

— 밤에 침대에 누워 당신을 생각할게. 죽을 만큼 지겨워지면 말이야.

— 제발 좀 그만해. 좀 내버려두라고. 내가 당신을 조금이라도 좋아할 수 있게 좀 놔둬.

— 날 좋아하길 원하지 않아. 반쯤 속삭이는 목소리로 그녀가 말했다. 대신 욕을 해줘.

— 계속 해보시지.

— 깜찍하다. 그녀가 말했다. 소박한 가족과 멋진 책들. 그래, 그럼. 당신은 기회를 놓쳤어. 바이, 바이. 가서 애 목욕이나 시켜. 당신의 어린 딸. 그러니까 할 수 있을 때.

그녀는 입구에서 마지막으로 그를 돌아봤다. 앞문으로 걸어가는 그녀의 하이힐 소리가 들렸다. 진열장을 지나 문 쪽으로 가다가 잠시 머뭇거렸다. 이내 문이 닫혔다.

물이 찬 방에서 수영을 하는 기분이었다. 생각을 종잡을 수 없었다. 갑작스런 밀물처럼 과거가 그의 몸을 떠밀고 지나갔다. 예전처럼 그런 건 아니었지만, 그 기억은 어쩔 수 없었다. 이럴 때는 일에 몰두하는 게 최고였다. 그녀의 피부가 어땠는지, 실크 같은 그 피부가 생각났다. 아예 얘기조차 말았어야 했다.

부드럽게 눌리는 자판을 조용하게 두드리기 시작했다. 잭

케루악, 타이프로 쓰고 서명("잭"), 1장, 여자친구인 시인 로이스 소렐스에게 보냄, 줄 간격 1줄, 연필로 서명함, 접은 자국 약간. 이런 게 사는 척은 아니었다.

알링턴 국립묘지

형량은 거우 1년이었지만 야나는
기 다 리 지   않 았 다.
미장원인가 한다는 로드리게
즈라는 남자를 만나 달아났다.
나는 아직 젊어. 그녀는 생각했다.

뉴웰은 체코 여자와 결혼을 했다. 그런데 요즘 부부 사이가 좋지 않아서 자주 술을 마시고 싸웠다. 그들은 카이저슬라우테른독일 서부 라인란트팔츠 주에 있는 도시. 제2차 세계대전 이후에도 미국이 이곳과 주변 지역을 군사 기지로 사용했으며, 지금까지 미군과 그 가족들이 주둔하고 있다에 살았는데 건물 주민들이 불평을 했다. 부관인 웨스터벨트는 뉴웰과 동기였다는 이유로, 그 집에 무슨 일이 있는지 알아보는 역할을 맡게 되었다. 그렇다고 뉴웰이 그 기수에서 기억할 만한 인물도 아니었다. 그는 조용하고 말이 없었다. 외모는 별나서, 동그랗고 튀어나온 이마에 눈동자는 색이 연했다. 부인 야나는 초승달처럼 처진 입에, 젖가슴이 아름다웠다. 웨스터벨트는 야나를 잘 몰랐고, 그냥 얼굴만 아는 정도였다.

웨스터벨트가 찾아갔을 때 뉴웰은 거실에 있었다. 별로 놀라지도 않는 눈치였다.

— 얘기 좀 하려고 왔네. 웨스터벨트가 말했다.

뉴웰이 고개를 약간 끄덕였다.

— 집사람은?

— 부엌에 있는 것 같아.

— 내가 끼어들 문제는 아니지만 자네 부부 문제가 있나?

뉴웰은 생각을 하는 듯했다.

— 심각한 건 아니네만. 그가 결국 답을 했다.

체코 아내는 부엌에서 구두를 벗고 발톱에 매니큐어를 칠하는 중이었다. 웨스터벨트가 들어가자 그녀는 잠깐 고개를 들었다. 그녀는 입이 유럽 사람처럼 이국적이었다.

— 잠깐 얘기 좀 할 수 있을까요?

— 뭘요? 그녀가 말했다. 조리대 위엔 먹다 만 음식과 설거지할 그릇들이 있었다.

— 거실로 잠깐 나오시겠어요?

그녀는 대답이 없었다.

— 그냥 몇 분이면 됩니다.

그녀는 그 말을 무시하고 발 가까이 얼굴을 가져다 대었다. 웨스터벨트는 여자 형제가 셋이나 되었고 여자들 다루는데 익숙했다. 그가 그녀의 팔을 살짝 잡았지만 여자가 뿌리쳤다.

— 당신 누구예요? 그녀가 말했다.

웨스터벨트는 거실로 돌아가 뉴웰에게 형제처럼 얘기를 했

알링턴 국립묘지

다. 부부 사이가 이런 식으로 계속되면 경력에 좋지 않을 거라고.

뉴웰은 웨스터벨트에게 모든 걸 털어놓고 싶었다. 하지만 어떻게 시작해야 할지 모르는 채 조용히 앉아만 있었다. 그는 그 여자와 속수무책으로 사랑에 빠져 있었다. 옷을 차려입으면 그저 아름답기만 했다. 그들이 비너스튜브에 함께 앉아 있는 것을 본다면, 그의 흰 눈썹이 빛에 반짝이고 건너편에 앉은 그녀가 담배를 피우는 모습을 본다면 누구나 의아해 할 것이다. 그가 어떻게 저런 여자를 갖게 되었을까? 그녀는 건방지고 무례했지만 항상 그런 건 아니었다. 그녀의 가는 허리 위에 손을 얹으면 세상을 얻은 기분이었다.

— 아내의 불만이 뭔가? 웨스터벨트가 알고 싶어 했다.

—그동안 삶이 불행했던 여자야. 뉴웰이 말했다. 앞으론 좋아질 걸세.

그날 다른 얘기도 나누었지만 웨스터벨트는 기억하지 못했다. 그 후에 일어난 일들이 기억을 지웠다.

뉴웰은 한동안 임무 때문에 다른 곳에 가 있었고, 친구가 없는 그의 아내는 심심해졌다. 영화를 보러 갔다가 동네를 돌아다녔다. 그러고 장교 클럽 바에 앉아 술을 마셨다. 토요일에도 클럽에 갔고 어깨를 드러내고 앉아 문 닫을 시간까지 술을 마셨다. 클럽 담당 장교인 다르디 대위가 그녀를 보고 집에 데려다 줄 사람이 필요하냐고 물었다. 그는 문을 닫을 때까지 몇 분만 기다리라고 했다.

이른 새벽 회색빛으로 동이 틀 때 다르디의 차는 아직도 숙소 앞에 있었다. 야나가 그걸 보았고, 다른 사람들도 보았을 거라 생각했다. 그녀는 몸을 기울여 그를 흔들어 깨웠다. 그러고는 가라고 말했다.

— 몇 시지요?

— 상관없어요. 어서 가요. 그녀가 말했다.

나중에 그녀는 군경에 찾아가 강간을 당했다고 신고했다.

존경받는 긴 군 생활 동안 웨스터벨트는 소설처럼 살았다. 플레이쿠^{베트남 중부 산악 지방. 베트남 전쟁 때 수많은 격전이 벌어졌다} 근처 부들 들판에서 모르타르 조각이 튀는 바람에 그는 눈썹 주위에 큰 상처를 입었다. 1센티미터만 밑으로 눈에 가깝게 맞았다면 실명했거나 죽었을지도 몰랐다. 나폴리에 주둔했을 때는 그곳 여자와 오래 연애를 했다. 실제로 여자는 후작이었고 사임하고 그녀와 결혼했더라면 그가 원하는 건 뭐든 사줄 수 있었을 터였다. 심지어 정부까지 두고 살았을 수도 있다. 그 외에도 다른 이야기들은 얼마든지 있었다. 그는 언제나 여자들에게 인기가 있었다. 결국 그는 샌안토니오 출신 여자와 결혼을 했다. 아이가 하나 딸린 이혼녀였는데, 둘이서 아이를 둘 더 낳았다. 웨스터벨트는 쉰여덟의 나이로 죽었다. 목에 이상한 발진이 돋으면서 발병한, 일종의 백혈병이었다.

장례식장 안의 예배당은 사람들로 붐볐다. 평범한 공간에 붉은색 벽지를 붙이고 교회 벤치를 놓은 곳이었다. 누군가 단

알링턴 국립묘지

상에서 고인을 위한 추모사를 했지만 복도에 사람이 꽉 차서 보이지 않았다.

— 뭐라고 하는지 들립니까?

— 아무에게도 안 들릴 거요. 뉴웰 앞에 서 있던 남자가 말했다. 그러고 보니 브레시였다. 그도 이젠 백발이었다.

— 묘지에도 갈 겁니까? 장례식이 끝난 후 뉴웰이 물었다.

— 내 차로 함께 가지요. 브레시가 말했다.

그들은 알렉산드리아를 지나갔다. 차는 만원이었다.

— 저긴 조지 워싱턴이 대통령 재임 시절에 예배를 봤던 교회예요. 브레시가 말했다. 잠시 후 그가 또 말했다. 로버트 E. 리 장군이 어린 시절에 살던 집은 저기예요.

브레시 부부는 알렉산드리아에 살았다. 흰 물막이 판자로 지은, 좁고 긴 베란다가 있고 까만 덧창이 달린 집이었다.

— "일단 강을 건너 나무 그늘 아래에서 쉬자"고 말한 사람이 누구겠어요? 그가 사람들에게 물었다.

아무도 대답하지 않았다. 뉴웰은 사람들이 그를 무시하는 걸 느꼈다. 사람들은 고개를 돌려 차창 밖을 보았다.

— 아무도 몰라요? 브레시가 말했다. 리 장군의 훌륭한 작전 참모의 말이에요.

— 자기 부하에게 총을 맞았죠. 뉴웰이 들릴 듯 말 듯한 소리로 말했다.

— 실수였지요.

— 해질 무렵 챈슬러스빌에서였죠.

— 여기서 멀지 않아요. 50킬로미터 정도? 브레시가 말했다. 그는 군 역사 시간에 언제나 1등이었다. 그가 백미러를 보며 말했다. 그걸 어떻게 알았어요? 군 역사 시간에 몇 등이었어요?

뉴웰은 대답하지 않았다.

아무도 말이 없었다.

천천히 움직이는 차의 행렬이 묘지 안으로 향했다. 차를 댄 사람들은 그 행렬을 따라 걸었다. 믿을 수 없을 만큼 많은 비석이 보였다.

브레시는 한쪽 팔을 뻗어 어딘가를 가리키며 뉴웰에게 뭐라고 말했지만 뉴웰은 못 들었다. 브레시는 틸이 저쪽에 묻혀 있다고 말한 거였다. 명예 훈장을 받은 사람이었다.

그들은 다른 사람들과 함께 걸었다. 저쪽에서 희미한 음악 소리가 들렸는데 마치 고대의 강에서 들려오는 소리 같았다. 마지막으로 건너는 강, 뱃사공이 기다리는. 감색 군복을 입은 군악대가 계곡에 정렬했다. 〈마차 바퀴〉를 연주하고 있었다. 집으로 데려다주오……. 묘지는 근처에 있었고, 초록색 방수천이 갓 파헤친 흙을 덮었다.

뉴웰은 꿈속을 걷는 기분이었다. 주변에 있는 사람들은 아는 사람들이었지만 그렇다고 잘 아는 건 아니었다. 그는 웨스터벨트의 아버지와 어머니의 묘 앞에 멈췄다. 30년 차이를 두고 세상을 떠났는데 나란히 묻혔다.

긴 하관 절차 중에 지인이 몇 사람 눈에 띄었다. 접어서 두

알링턴 국립묘지

꺼워진 국기를 미망인과 자식으로 보이는 사람들에게 건네주었다. 관 옆으로는 가족과 친지들이 잘 다듬은, 줄기가 긴 노란 꽃다발을 들고 걸었다. 충동적으로 뉴웰은 그들의 뒤를 따랐다.

조포弔砲가 발사되었다. 군악대가 은색의 매끈하고 긴 나팔을 불기 시작했고, 그 소리는 언덕을 넘어 울려 퍼졌다. 은퇴한 장군과 대령들이 가슴에 손을 올리고 서 있었다. 그들은 안 가본 곳이 없는 사람들이었는데, 뉴웰처럼 감옥에 가본 적은 없었다. 강간 혐의로 기소된 다르디 대위는 수사 후 기소가 취하되었고, 웨스터벨트의 도움으로 뉴웰은 다른 곳으로 발령받아 새 출발을 할 수 있었다. 그런데 체코슬로바키아에 살던 야나의 부모가 도움을 청했고, 그때까지 중위이던 뉴웰이 어떻게 돈을 융통해 그들에게 보냈다. 야나는 그 일에 무척이나 고마워했다.

— 아, 당신을 정말로 사랑해요! 그녀가 말했다.

옷을 벗은 그녀가 그의 위에 올라탔고, 자신의 엉덩이를 손으로 감싼 채 말을 타듯 몸을 움직였다. 그녀의 밑에서 그는 거의 실신한 듯 누워 있었다. 잊을 수 없는 밤이었다. 나중에 그는 군수품에서 무전 라디오를 훔쳐 판 혐의로 기소되었다. 군 법정에서 그는 아무 말도 하지 않았다. 가시면류관 같은 군복만 입고 있지 않았더라면, 하고 바랐다. 법정으로, 그의 평소 성품을 고려해 관대한 처분을 요청하는 편지 세 통이 배달되었는데, 그중 하나가 웨스터벨트에게서 온 것이었다.

형량은 겨우 1년이었지만 야나는 기다리지 않았다. 미장원인가 한다는 로드리게즈라는 남자를 만나 달아났다. 나는 아직 젊어. 그녀는 생각했다.

나중에 뉴웰이 결혼한 여자는 그런 일에 대해 전혀 모르거나 거의 몰랐다. 여자는 뉴웰보다 나이가 많았고, 장성한 자식이 둘 있었고, 발이 좋지 않아 조금밖에 걷지 못했다. 차에서 슈퍼마켓까지 걷는 정도였다. 그가 군에 있었다는 건 알고 있었다. 군복을 입은 사진들이 몇 장 있었기 때문이었다. 오래전 찍은 사진이었다.

— 이거 당신이지요. 그녀가 말했다. 그래서 뭐였어요?

뉴웰은 다른 사람들과 함께 걸어 돌아가지 않았다. 그럴 면목이 없었다. 알링턴 국립묘지였고, 저들은 마지막으로 정렬해서 모두 이곳에 묻힐 터였다. 멀리서 희미하게 부관의 나팔 소리가 들렸다. 그는 사람들과 함께 들어왔던 쪽으로 걸었다. 처음엔 거의 들리지 않던 나팔 소리가 이제 리드미컬하게 들렸고 말발굽 소리도 들렸다. 흑마 여섯 마리와 선 채로 타는 세 명의 기수가 지나갔고, 관을 실었던 탄약차가 빈 차로 지나갔다. 살이 달린 바퀴가 길 위에서 덜컹거렸다. 짙은 색 모자를 쓴 기수들은 그가 가는 쪽을 보지 않았다. 빽빽하게 죽 늘어선 비석들은 언덕에서 커브를 그리며 올라갔고, 강에선 내려왔다. 끝도 보이지 않았다. 비석은 모두 같은 높이였는데, 중간 중간에 더 큰 회색 비석들이 졸병 틈에 섞여 있는 장교처럼 튀어나왔다. 사라지는 빛 속에서 마치 치명적인 일을, 적

알링턴 국립묘지

의 엄청난 공격이라도 기다리듯 모여 있었다. 순간 그는 여기 묻힌 모든 고인에게, 이 나라의 역사와 그 국민에 대해 자부심을 느꼈다. 알링턴 국립묘지에 묻히는 건 어려운 일이었다. 그는 이곳에 묻힐 수 없을 테고, 그런 일은 예전에 포기했다. 야나와 함께 보낸 것 같은 시절을 다시 맛볼 수도 없을 것이다. 그는 그 시절 그녀의 모습 그대로 기억할 것이다. 날씬하고 젊은 모습 그대로. 그때 그는 그녀밖에 없었다. 물론 짝사랑이었겠지만 그것으로 충분했다.

마지막에 사람들은 모두 가슴에 손을 올리고 섰다. 뉴웰은 한쪽에서 혼자 의연하게 경의를 표하며, 신의를 버릴 줄 모르는 바보처럼 서 있었다. 그가 이제껏 그래온 것처럼.

어젯밤

그 집뿐이었다.
나머지는 그리 강렬하
지 않았다. 삶을 꼭 닮
은 장황한 소설 같았다.
아무 생각 없이 지
나가다 어느 날 아
침 돌연 끝나버리는.
핏자국을 남기고.

월터 서치는 번역가였다. 그는 초록색 만년필로 글 쓰는 것을 좋아했는데, 한 문장이 끝날 때마다 펜 끝을 공기 중으로 들어 올리는 버릇이 있었다. 손이 거의 자동 장치처럼 움직였다. 그는 러시아어로 블로크^{러시아 상징주의 시인이자 극작가 알렉산드르 블} ^{로크. 1880~1921. 대표 시집에 『서정시극』이 있다}를 암송했고, 릴케가 한 독일어 번역본까지 외웠다. 어디가 왜 아름다운지 코멘트까지 할 수 있었다. 그는 사교적인 사람이었지만 때론 까탈스러웠다. 운을 뗄 때는 말을 더듬었고, 아내와 둘이서 그들 방식대로 사는 편이었다. 그런데 아내 마리트가 병에 걸렸다.

월터는 수잔나와 함께 있었다. 수잔나는 두 부부가 알고 지내는 친구였다. 나중에 마리트가 계단을 걸어 내려오는 소리가 들렸고, 거실로 들어왔다. 마리트는 빨간 실크 드레스를 입었다. 윤기 나는 짙은 갈색 머리칼에, 처진 젖가슴이 드러나는 그 드레스를 입으면 언제나 섹시했다. 옷장 안 흰 바구니에는 개어놓은 옷과 속옷, 운동복과 잠옷이 있었고 그 밑엔 구두 몇 켤레가 아무렇게나 흩어져 있었다. 다시는 소용이 없을 물건들이었다. 또 칠기 함 안엔 팔찌, 목걸이, 반지 같은 장신구들이 들어 있었다. 그녀는 상자 안을 한참 뒤지더니 그중 몇 개를 골랐다. 지금은 뼈만 앙상한 손가락이 더 초라해 보이는 것이 싫었다.

— 당신 굉장히 예쁜데. 남편이 말했다.

— 남자랑 처음 데이트라도 하러 가는 기분이에요. 술 마시는 거예요?

— 응.

— 나도 한잔 주세요. 얼음을 가득 채워서요.

마리트도 앉았다.

— 기운이 없어요. 그녀가 말했다. 그게 가장 힘들어요. 완전히 사라졌어요. 다시 회복이 안 돼요. 일어나서 걸어 다니기도 싫어요.

— 많이 힘드시겠어요. 수잔나가 말했다.

— 상상도 못할 거예요.

월터가 술잔을 들고 와서 아내에게 건네주었다.

— 그럼, 행복한 나날들을 위하여. 그녀가 말했다. 그러곤 갑자기 생각났다는 듯이 미소를 지었다. 무서운 미소였다. 미소에 반대되는 게 있다면 바로 그거였다.

어젯밤

그들이 일을 하기로 한 그 밤이었다. 냉장고 안에 주사기가 놓인 접시가 있었다. 주사기에 들어 있는 약물은 담당의사가 주었다. 하지만 마지막 저녁 식사가 먼저였다. 물론 마리트의 몸이 허락할 경우였다. 일을 치르는 건 둘만으론 안 된다고 마리트가 말했었다. 본능적인 결정이었다. 그들은 수잔나에게 부탁했다. 더 가까운 사람, 너무 슬퍼하는 사람보다 그 편이 나았다. 어차피 사이도 좋지 않은 마리트의 동생이나 옛 친구보다는. 수잔나는 그들보다 나이가 어렸다. 둥근 얼굴에 도드라진 이마가 매끄러웠다. 교수나 은행가의 딸처럼 생겼는데, 약간 바람기가 느껴졌다. 월터 부부의 친구 중 한 명은 수잔나를 두고 야한 여자라고 한 적이 있었다. 어느 정도 감탄하듯이.

짧은 치마를 입은 수잔나는 벌써 긴장이 되기 시작했다. 보통 저녁 식사인 척하긴 너무 힘들었다. 아무렇지도 않은 척하면서 평소처럼 행동하기가 쉽지 않았다. 그녀가 그 집에 도착한 건 해가 질 무렵이었다. 창마다 불이 켜진 그 집은— 방마다 불을 켜놓은 것 같았다— 다른 집들 사이에서 무슨 파티라도 하는 것처럼 눈에 띄었다.

마리트는 거실에 있는 물건들을 찬찬히 보기 시작했다. 은색 액자 속에 들어 있는 사진들과 램프, 언젠가 읽으려 했던 초현실주의 화집과 정원 디자인, 그리고 시골 별장에 관한 책과 의자 들. 보기 좋게 색이 바랜 카펫까지 한참 바라보았다. 유심히 물건들을 보았지만 실제론 그녀에게 아무 의미가 없

185

었다. 수잔나의 긴 머리카락과 싱그러운 모습도 무슨 의미가 있는 것 같았지만, 그게 뭔지 알 수 없었다.

어떤 기억은 갖고 가고 싶다고, 마리트는 생각했다. 월터를 만나기 전 어렸을 때의 기억. 집, 이 집이 아니고 그녀의 어린 시절, 침대가 있던 원래 집. 그 오래전 겨울 눈보라를 바라보던 층계참에 난 창문, 허리를 굽혀 굿나잇 키스를 하던 아버지, 램프의 불빛에 손목을 비추며 팔찌를 차던 엄마.

그 집뿐이었다. 나머지는 그리 강렬하지 않았다. 삶을 꼭 닮은 장황한 소설 같았다. 아무 생각 없이 지나가다 어느 날 아침 돌연 끝나버리는. 핏자국을 남기고.

— 이거 참 많이도 마셨는데. 마리트가 돌이켜보며 말했다.

— 술이요? 수잔나가 물었다.

— 네.

— 그동안 말씀이지요.

— 맞아요. 오랜 세월 동안에요. 몇 시나 돼가나요?

— 8시 15분 전. 그녀의 남편이 말했다.

— 갈까요?

— 당신이 준비되는 대로. 서두를 필요는 없어.

— 나도 그러고 싶지는 않아요.

사실 그녀는 가고 싶지 않았다. 한 발 더 다가가는 일이었으니까.

— 예약이 몇 시지요? 그녀가 물었다.

— 우리가 좋을 때 언제든지.

어젯밤

— 가요, 그럼.

발단은 자궁이었고 거기서 폐로 올라갔다. 마리트는 결국 받아들였다. 네모나게 목이 파인 드레스 위로 드러난 피부는 핏기가 없었고 내부의 어둠이 배어나는 듯했다. 그녀는 예전 같지 않았다. 예전의 마리트는 사라지고 없었다. 빼앗긴 것이 다. 변한 걸 보면 무서울 정도였다. 특히 얼굴이 그랬다. 저승에서나 하고 있을, 그곳에서 그녀가 보게 될 그런 얼굴이었다. 월터는 아내의 예전 모습을 떠올리기 힘들었다. 때가 되면 돕겠노라고 단단히 약속했던 그 사람과 같은 사람이라고 할 수도 없었다.

그들이 앞에 타고 수잔나는 뒷좌석에 앉았다. 길엔 차가 없었다. 아래층에서 푸르스름한 빛이 흘러나오는 집들을 지나쳤다. 마리트는 말이 없었다. 슬펐지만 동시에 혼돈스럽기도 했다. 이 모든 일이 있고 난 다음 날인 내일을, 그녀가 보지 못할 내일을 상상하려 했지만 잘 되지 않았다. 세상이 그대로일 거라고 생각하는 자체가 힘들었다.

호텔에서 그들은 시끄러운 바 근처에서 기다렸다. 남자들은 재킷을 안 입었고 여자들은 시끄럽게 웃고 떠들었다. 아무것도 모르는 여자들. 벽에는 커다란 프랑스 포스터와 오래된 판화가 검게 변한 액자에 걸려 있었다.

— 아는 사람이 아무도 없네요. 마리트가 말했다. 다행스럽게도.

월터는 좀 아까 애프톨 씨 부부를 봤다. 수다스러운 사람

187

들이었다.

— 보지 말라고. 그가 말했다. 우리를 못 봤어. 내가 다른 쪽에 테이블을 달라고 하지.

— 우리를 봤어요? 마리트가 자리에 앉으며 물었다. 난 아무와도 얘기하고 싶지 않아요.

— 이제 괜찮아. 그가 말했다.

흰 앞치마에 까만 나비넥타이를 한 웨이터가 메뉴와 와인 리스트를 건네주었다.

— 마실 것을 주문하시겠어요?

— 예, 물론이지요. 월터가 말했다.

그는 리스트를 보았다. 대충 가격순이었다. 슈발 블랑이 575달러였다.

— 이 슈발 블랑, 있어요?

— 1989년산 말씀인가요? 웨이터가 물었다.

— 그거 한 병 주세요.

— 슈발 블랑이 뭐지요? 화이트인가요? 웨이터가 가고 나서 수잔나가 물었다.

— 아니, 레드예요.

— 있죠, 오늘 와주셔서 너무 고마워요. 마리트가 수잔나에게 말했다. 아주 특별한 저녁이에요.

— 네.

— 매일 그런 와인을 주문하는 건 아니에요. 그녀가 설명했다.

두 사람은 이곳에서 자주 저녁을 먹긴 했다. 줄줄이 세워 둔 병들이 빛을 발하는 바 근처에서. 하지만 35달러가 넘는 와인을 시켜본 적은 없었다.

몸이 어떤지, 기다리는 동안 월터가 물었다. 몸은 괜찮느냐고.

— 어떻다고 표현해야 할지 잘 모르겠어요. 모르핀을 맞고 있거든요. 마리트가 수잔나에게 말했다. 약 기운이 돌긴 하는데…… . 그녀가 말을 멈췄다. 일어나서는 안 되는 그런 일들이 많이 있죠. 그녀가 말했다.

저녁 식사는 조용했다. 사소한 이야기를 나누는 건 힘들었다. 하지만 와인은 두 병이나 마셨다. 월터는 어쩔 수 없이, 다시는 이렇게 좋은 와인을 마실 수 없을 거라는 생각이 들었다. 그는 두 번째 병에 남은 마지막 와인을 수잔나의 잔에 부었다.

— 아녜요. 당신이 드세요. 그녀가 말했다. 정말로 당신이 드셔야 해요.

—그이는 충분히 했어요. 마리트가 말했다. 하지만 참 좋았죠, 그렇죠?

— 기막히게 좋았어.

— 이런 걸…… 느끼게 돼요. 아, 잘 모르겠지만, 여러 가지가 있어요. 이런 와인을 항상 마셨다면 좋았겠죠. 그녀는 무척 감동적인 목소리로 말했다.

모두들 기분이 나아졌다. 그렇게 한동안 앉아 있다가 그곳을 나섰다. 바는 여전히 시끄러웠다.

마리트는 차창 밖을 유심히 내다봤다. 피로함을 느꼈다. 이제 집으로 가고 있었다. 검게 변한 나무들의 꼭대기로 바람이 불었다. 밤하늘엔 푸른 구름이 대낮처럼 찬란하게 빛났다.

─오늘 밤 너무 아름답지 않은가요? 마리트가 말했다. 굉장히 감동적이에요. 내 착각인가요?

─아니. 월터가 목소리를 가다듬었다. 정말 아름다워.

─당신도 그렇게 생각해요? 마리트가 수잔나에게 물었다. 물론 그럴 거라 생각해요. 당신이 몇 살이죠? 잊었어요.

─스물아홉이요.

─스물아홉. 마리트가 말했다. 그러곤 잠시 조용해졌다. 우린 애가 없었어요. 그녀가 말했다. 애를 가질 생각을 해본 적이 있어요?

─아, 가끔요. 하지만 깊게 생각해본 적은 없어요. 실제로 결혼을 해봐야 알게 될 그런 문제인 거 같아요.

─결혼하겠지요.

─네, 아마도.

─그러다 순식간에 할 수도 있어요. 마리트가 말했다.

집에 도착했을 때 그녀는 녹초가 되었다. 그들은 거실에 둘러앉았다. 큰 파티에서 돌아와 아직 자러 갈 기분은 아닐 때와 비슷했다. 월터는 앞으로 할 일을 생각했다. 냉장고 문을 열면 불이 켜질 것이다. 주삿바늘은 날카로웠다. 스테인리스 스틸로 만든 바늘 끝은 면도날처럼 각이 지게 잘렸다. 그 바

어젯밤

늘을 마리트의 혈관 속에 찔러야 할 것이다. 생각하지 않으려고 했다. 어떻게든 되겠지. 점점 더 긴장이 되었다.

— 엄마 생각이 나요. 마리트가 말했다. 마지막에 엄마는 내가 어릴 때 있었던 일들을 말해주고 싶어했어요. 레이 마힌은 테디 허드너와 잤다. 앤 헤링도 잤다. 그 여자들은 결혼한 사람들이었죠. 테디 허드너는 아니었어요. 광고 쪽에서 일했는데 언제나 골프를 쳤어요. 엄마는 계속 그런 얘기를 늘어놨어요. 누가 누구와 잤다는. 그게 마지막에 내게 하고 싶어 하던 말이에요. 물론 그때 레이 마힌이 대단하긴 했죠.

그리고 마리트가 말했다.

— 이제 2층으로 올라가야겠어요.

그녀가 일어섰다.

— 괜찮아요. 그녀가 남편에게 말했다. 아직은 올라오지 말아요. 잘 자요, 수잔나.

둘만 남게 되자 수잔나가 말했다.

— 저 갈게요.

— 아니, 안 돼. 제발 가지 마. 여기 있어줘.

그녀가 고개를 저었다.

— 난 못해요. 그녀가 말했다.

— 제발, 그렇게 해야 해. 2층에 올라갔다가 내려와서, 그때 혼자 있을 수가 없어. 부탁이야.

그녀는 말이 없었다.

— 수잔나.

그들은 아무 말 없이 앉았다.

— 미리 다 생각해놓았다는 거 알고 있어요. 그녀가 말했다.

— 물론이야.

몇 분이 흐른 후 월터는 손목시계를 봤다. 무언가를 말하려다가 그만두었다. 잠시 후 다시 시계를 보더니 거실에서 나갔다.

L자 형 부엌은 구식이었고, 제대로 설계되지 않았다. 개수대는 흰색 에나멜이었고 나무 찬장은 칠이 여러 겹 칠해졌다. 여름이면 이 부엌에서 잼을 만들었다. 뉴욕행 기차가 서는 플랫폼으로 내려가는 계단에서 딸기를 상자에 담아 팔았다. 향수처럼 향기로운 그 딸기는 잊을 수 없다. 아직도 잼이 몇 병 남아 있었다. 그는 냉장고로 가서 문을 열었다.

옆에 짧은 빗금이 쳐진 주사기가 있었다. 10cc가 들어 있었다. 어떻게 하면 이 일을 하지 않을 수 있을까 생각했다. 주사기를 떨어뜨려 그게 부러지거나 한다면, 손이 떨려서 그랬다고 한다면…….

그는 접시를 꺼낸 다음 마른 수건으로 덮었다. 그렇게 하니 더 끔찍했다. 접시를 내려놓고 주사기를 집어 여러 가지로 손에 쥐어보았다. 결국 거의 다리 뒤로 감추는 모양새가 되었다. 종잇장처럼 몸의 무게가 사라지는 걸 느꼈다. 힘이 없었다.

마리트는 준비를 끝낸 상태였다. 눈 화장을 하고 아이보리색 실크 잠옷을 입었다. 등이 파진 가운이었다. 저승에서 입게 될 옷. 그녀는 사후 세계가 있다는 걸 애써 믿으려 했다.

어젯밤

고대 사람들이 확신했듯 작은 배를 타고 그리로 건너가게 될 것이다. 목에는 은목걸이가 걸려 있었다. 그녀는 지치고 우울해 보였다. 와인 기운이 있었지만 차분한 건 아니었다.

월터는 들어오라는 허락을 기다리듯 문간에 서 있었다. 마리트가 말없이 그를 쳐다봤다. 그가 손안에 쥐고 있는 게 보였다. 그녀는 심장이 내려앉았지만 내색을 하고 싶진 않았다.

— 여보, 그녀가 말했다.

그는 대꾸를 하려 했다. 새로 립스틱을 발랐는데, 짙은 색이었다. 침대 주변으로 늘어놓은 사진이 보였다.

— 들어와요.

— 아니, 금방 올게. 그가 겨우 말했다.

그는 아래층으로 뛰어 내려갔다. 할 수 없을 것 같았고, 술이 필요했다. 거실엔 아무도 없었다. 수잔나는 가고 없었다. 이렇게 완벽하게 외로운 건 처음이었다. 부엌에 가서 보드카를 따랐다. 아무 냄새도 없는 투명한 용액을 유리잔에 따라 단숨에 마셨다. 그는 천천히 2층으로 올라가서 아내 가까이, 침대 위에 앉았다. 보드카의 술기운이 돌았다. 다른 사람이 된 것 같았다.

— 월터, 그녀가 말했다.

— 응?

— 이게 맞는 거예요.

아내가 그의 손을 잡았다. 왠지 끔찍했다. 같이 가자고 붙잡는 것처럼.

— 있죠. 그녀는 담담한 어조로 평이하게 말했다. 난 이 세상 누구보다 당신을 사랑했어요. 좀 감상적이죠? 알아요.

— 아, 마리트! 그가 이렇게 소리쳤다.

— 날 사랑했나요?

절망감으로 속이 느글거렸다.

— 그럼. 그가 말했다. 그럼!

— 건강하셔야 해요.

— 응.

그는 실제로 건강했다. 전보다 몸은 좀 불었지만 그럼에도 …… 학자 같은 둥근 배는 보드랍고 짙은 체모로 덮였고, 손과 손톱은 단정했다.

그녀는 몸을 기울여 그를 안았다. 그리고 키스했다. 순간적으로 두렵지 않았다. 다시 살 것이다. 예전처럼 젊어진 채로. 그러고는 팔을 내밀었다. 팔 안쪽으로 녹청색 혈관이 두 줄 보였다. 그가 혈관을 도드라지게 하려고 손가락으로 눌렀다. 그녀는 고개를 돌렸다.

— 기억나요? 그녀가 남편에게 말했다. 베이츠에서 일하면서 우리가 처음 만났을 때요. 난 바로 알았어요.

주사기를 제자리로 가져가려는데 주사기가 흔들렸다.

— 난 운이 좋았어요. 그녀가 말했다. 정말 운이 좋았어요.

그는 거의 숨을 쉴 수가 없었다. 기다렸지만 아내는 더 이상 말을 하지 않았다. 자기가 하고 있는 일을 믿을 수 없어하면서 주사기를 밀어 넣었다. 쉽게 들어갔다. 안에 든 용액을

어젯밤

혈관 속으로 천천히 밀어 넣었다. 한숨 소리가 들렸다. 그녀는 몸을 누이며 눈을 감았고, 얼굴은 평화로웠다. 떠난 것이다. 아, 하느님, 그는 생각했다. 아, 하느님. 20대부터 아내를 알았다. 다리가 길고 순진한 여자였다. 해장海葬하듯 그는 이제 그녀를 시간의 흐름 밑으로 밀어 넣었다. 아직 따뜻한 손을 잡아 입술에 가져다 댔다. 이불을 끌어올려 다리를 덮어주었다. 집은 물을 끼얹은 듯 조용했다. 치명적인 결말 후의 침묵이었다. 바람 소리조차 들리지 않았다.

그는 천천히 아래층으로 내려갔다. 안도감이 밀려왔다. 엄청난 안도에 슬픔이 섞여 있었다. 밖에는 거대한 푸른 구름이 밤을 채웠다. 그는 몇 분 동안 서 있었는데 그러다가 자기 차 안에 미동도 없이 앉아 있는 수잔나를 보았다. 다가가자 수잔나가 차창을 내렸다.

— 안 갔구나. 그가 말했다.

— 집 안에 있을 순 없었어요.

— 끝났어. 그가 말했다. 들어와. 한잔해야겠어.

그녀는 그와 함께 부엌에 서 있었다. 양손으로 팔꿈치를 쥐어 팔짱을 끼고.

—그렇게 힘들진 않았어. 그가 말했다. 그냥…… 나도 잘 모르겠어.

거기 그렇게 선 채로 술을 마셨다.

— 부인이 정말 내가 오길 원하셨던가요? 수잔나가 말했다.

— 자기야, 그녀가 원했다고. 정말 아무것도 몰라.

— 글쎄요.

— 믿으라고. 정말 몰라.

그녀는 술잔을 내려놨다.

—그러지 말고 마셔. 그가 말했다. 도움이 될 거야.

— 기분이 이상해요.

— 이상해? 어디 속이 불편해?

— 잘 모르겠어요.

— 아프지 마. 이리 와. 잠깐, 내가 물을 가져다줄게.

그녀는 조용히 숨을 고르고 있었다.

— 좀 눕는 게 좋겠는데. 그가 말했다.

— 아뇨, 괜찮아요.

— 이리 와.

그는 블라우스와 미니스커트 차림의 그녀를 현관 옆에 있
는 방으로 데려갔다. 그러고는 침대 위에 앉으라고 했다. 그녀
는 천천히 심호흡을 했다.

— 수잔나.

— 네.

— 당신이 필요해.

그의 말이 거의 들리지 않았다. 그녀는 신을 구하는 여자처
럼 머리를 뒤로 젖혔다.

— 술을 너무 많이 마셨어요. 그녀가 중얼거렸다.

그는 그녀가 입은 블라우스의 단추를 풀었다.

— 안 돼요. 그녀가 말했다. 그리고 단추를 다시 채우려고

했다.

그는 브래지어를 풀었다. 풍만한 젖가슴이 드러났다. 월터는 젖가슴에서 눈을 뗄 수가 없었다. 그리고 미친 듯이 그 위에 키스했다. 그가 침대의 흰 시트를 젖히자 수잔나의 몸이 옆으로 밀려났다. 그녀는 다시 뭐라고 말하려 했지만 그의 손이 입을 막았고 그녀의 몸을 눌렀다. 그는 삼켜버리듯 순식간에 탐닉하더니 마지막엔 공포에 떠는 사람처럼 온몸을 부르르 떨었다. 그러곤 그녀를 조이듯 껴안았다. 그들은 깊은 잠에 빠져들었다.

이른 새벽, 햇빛은 투명하고 눈부셨다. 동향의 그 집은 더하얗게 빛났다. 동네의 어느 집보다 깨끗하고 평화로운 모습이었다. 집 옆 커다란 느릅나무는 연필로 그린 듯 정교한 그림자를 드리웠다. 엷은 색 커튼은 정지한 듯 움직임이 없었다. 집 안의 모든 것이 그대로였다. 집 뒤엔 넓은 잔디밭이 있었다. 정원을 보러 오던 날, 키가 크고 날씬한 수잔나가 그 정원 위를 가로질러 천천히 둘러보았다. 그녀를 처음 본 날이었다. 그날의 모습을 지울 수 없었지만 관계가 시작된 건 훨씬 나중의 일이었다. 마리트와 정원을 다시 꾸미려고 그녀가 집에 왔을 때.

월터와 수잔나는 식탁에 앉아 커피를 마셨다. 공범인 그들은 일어난 지 얼마 되지 않았고 아직 제대로 눈을 맞추기 전이었다. 하지만 월터는 황홀한 눈으로 그녀를 보았다. 화장기 없는 그녀는 더 예뻤다. 긴 머리는 빗기 전이었다. 더 친밀하게 느껴졌다. 몇 군데 전화를 해야 했지만 그럴 생각은 들지 않았다. 아직 너무 이른 아침이었다. 대신 오늘 이후의 일들을 생각했다. 앞으로 맞이할 아침들. 처음엔 뒤에서 나는 소리를 듣지 못했다. 하지만 발소리가 났고 이어서 천천히 또 한 번 발소리가 들렸다. 수잔나의 얼굴에 핏기가 가셨다. 마리트가 비틀거리며 계단을 내려오고 있었다. 얼굴에 한 화장이 굳었고, 짙은 립스틱엔 균열이 있었다. 그는 믿을 수 없는 눈으로 바라봤다.

— 뭔가 잘못됐어요. 그녀가 말했다.

— 당신 괜찮아? 그가 말도 안 되는 질문을 했다.

— 아뇨. 당신이 뭔가 잘못했나 봐요.

— 맙소사. 월터가 우물거렸다.

그녀가 마지막 계단에 힘없이 주저앉았다. 수잔나의 존재는 눈치 채지 못한 것 같았다.

— 당신이 와서 어떻게 해줄 줄 알았어요. 그녀가 말했다. 그리고 울기 시작했다.

— 모두 잘못되었어요. 마리트가 되풀이해서 말했다. 그러더니 수잔나를 향해, 아직 여기 있어요?

— 지금 가려고 했어요. 수잔나가 말했다.

— 이해할 수가 없어. 월터가 다시 말했다.

— 처음부터 다시 해야 해요. 마리트가 흐느꼈다.

— 미안해. 그가 말했다. 정말 미안해.

어젯밤

그는 다른 말이 생각나지 않았다. 수잔나는 방으로 가서 옷을 챙긴 후 현관으로 나갔다. 그게 수잔나와 월터의 마지막이었다. 그의 아내에게 들킨 그 순간으로. 그가 우겨서 그 후에도 두세 번 만나긴 했지만 소용이 없었다. 그게 무엇이었든 두 사람 사이에 있던 건 사라지고 없었다. 그녀는 어쩔 수 없다고 했다. 그냥 그게 전부였다.

이야기의 탄생에 대하여

완벽한 단편을 쓰는 건 무척 어려운 일이다. 어떤 면에서는 돌을 깎아 아름다운 형상을 만드는 것과 비슷하다. 하지만 코듀로이 바지에 낡은 스웨터를 입은 조각가는 뭘 만드는지 확신이 있는 반면, 이야기를 쓰는 사람은 다소 서투르다. 쓴 작품은 결과가 애초의 생각과 비슷할 수도 있고, 가끔씩은 아주 비슷하기도 하다. 헤밍웨이는 상당히 확신에 차 있는 편이었고, 레이몬드 카버 같은 경우는 그렇지 못해서 덜 된 작품을 보내면 그의 편집자 고든 리시가 대신 완성을 하곤 했다. 어떤 작품은 엿들은 대화나 본 일을 적듯이 몇 분 만에 쓰기도 한다.(완성은 아니더라도.) 이 책에서 「방콕」은 생각나는 대로 썼다가 완성도 금방 했다. 반면 「혜성」은 사람들과 저녁 식사를 하다가 본 일에 가까웠는데도 완성하는 데는 무척 시간이 걸렸다. 소재를 얻었다가 결국 쓰는 데까지 가장 오랜 시간이 걸린 작품은 「알링턴 국립묘지」이다. 워싱턴 근처에 있는 알링턴 국립묘지는 국립묘지 중에서도 가장 영예로운 곳이다. 그곳에 묻힌다는 건 군인 최고의 영예이고 현충일이 되면 꼭 남편이나 아들이 아니더라도 여자들이 묘에 꽃을 놓고 간다. 젊은 시절 장교로 독일에 주둔했을 때, 나는 장군의 비서관으로 일했는데 장군이 어느 날 나와 사관학교 시절 동기였던 친구에 대한 보고를 받았다고 했다. 나는 그를 거의 알지 못했는데, 그의 결혼 생활에 문제가 있고 그들 부부의 행동 때문에 그의 군 생활 유지가 힘들다고 했다. 그래서 장군은 나에게 찾아가서 얘기를 해보면 어떻겠느냐고 했고, 나는 그렇게 했다. 그 친구는 나보다 한두 살 많은 정도였지만 벌써 머리가 벗어졌고, 별로 말이 없었다. 아마도 부끄러워하는 것 같았다. 그가 내 경고나 조언에 어떤 답을 했었는지 기억이 나지 않는다. 얼마 지나지 않아 그는 다른 부대로 옮겼고 이후로 그를 본 적은 없다. 오랜 세월이 흐른 후 나는 알링턴 국립묘지의 장례식에 다녀와 잊고 있던 그 이야기에 다른 이야기들을 더해보았다. 그랬더니 이야기 하나가 완성되었다. 이야기 속의 부분적인 일화들은 모두 실제로 있었던 일이고 그 이야기들은 잘 맞아떨어졌다. 그러니 어떤 의미에서 이 작품은 진짜보다 더 진짜인 이야기다. 그 외의 작품들은 그리 오래되지 않았다. 6~7년간에 걸쳐 쓴 이 작품들은 내 작품 중에서도 최고작에 속한다고 생각한다.

2010년 4월
제임스 설터

작가의 말

■ 참고

제임스 설터에게 한국 독자들을 위한 '작가의 말'을 부탁하려고 이메일을 보냈었다. 이메일을 보내면서 나는 그에게 「포기」의 소재가 된 얘기는 들어 알고 있으나 혹시 그와 비슷하게 실제 이야기를 바탕으로 한 작품이 있느냐고 물었다. 설터의 대표작 『가벼운 나날들』은 특히 실제 인물을 바탕으로 한 것으로 유명한 작품이었고, 〈가디언〉과의 인터뷰에서 들은 뒷얘기는 무척 재미있었다. 그랬더니 설터는 이메일로 「방콕」 「어젯밤」 「플라자 호텔」 「나의 주인, 당신」의 뒷얘기를 놀랄 만큼 자상하게 들려주었고, 약 일주일 후 보내온 글에선 마치 이메일과 이어지듯 「혜성」과 「알링턴 국립묘지」에 대한 이야기를 해주었다. 다른 인터뷰에서 공개되지 않은 부분도 있기에, 그 이메일을 아래 공개한다. ─옮긴이

상미 씨에게

이야기의 소재에 대한 답이에요. 단편을 쓰는 데 정해진 방법은 없어요. 하지만 미국의 유명한 단편 작가이자 소설가인 존 오하라 같은 작가는(실제로 몇백 편에 달하는 단편을 〈뉴요커〉와 베스트셀러가 된 책들에 발표했었지요) 타자기 앞에 앉아 어떤 두 사람을 상상하며 글쓰기를 시작했어요. 기차나 레스토랑이나 다른 장소에서 실제로 본 사람들인데 그 두 사람을 생각하면서, 그중 한 사람이 실제로 말한 내용을 쓰고 거기에 대한 답을 쓰면서 그 둘 간의 갈등을 발견해나가는 거죠. 종종 서로를 무시하고 모욕을 주는 말에서 갈등이 시작되고 거기서 그의 단편도 시작이 되었어요. 그의 작품을 읽으면 그 흔적이 보일 거예요. 그는 원래 기자였고, 싸우길 좋

아했고, 자기 위상에 지나치게 신경 쓰는 사람이었어요. 그 증거 또한 보일 거예요.

내 경우에는 우연에 많이 기대는 편이에요. 제임스 조이스는 언젠가 그가 필요한 건 모두 우연에서 얻었다고 했어요. 예를 들어 「방콕」은 지인에게 들은 두 마디 대화에서 우연히 아이디어를 얻었어요. 그 사람은 어느 날, 나도 알고 있는 어떤 여자에게 전화를 받았다고 했어요. 그 여자는 뉴욕에 와 있다고 하면서 "우리 만날까요?" 했고, 그는 "물론 안 되지"라고 대답했대요. 나는 그 두 사람에 대해 여자는 돈이 좀 있었고 남자는 없었다는 것, 남자는 아내와 아이가 있고 귀중본 서점을 한다는 사실을 알고 있었어요. 나머지는 상상이에요. 「어젯밤」은 이 책에 실린 작품 중에서 가장 얘기가 많이 되는 작품인데요, 〈뉴요커〉의 팟캐스트에서 작가 톰 맥궤인이 낭독을 했고, 단편영화가 만들어졌고, 올 여름에 또 한 편이 만들어질 예정이에요. 두 편 다 젊고 유능한 감독이 훌륭한 배우들을 섭외해서 만들었는데, 이 작품은 파티에서 들은 얘기를 바탕으로 했어요. 자세한 얘기는 없었고, 남편이 아내의 자살을 도왔는데 어쩌다 일이 잘못되어 다음 날 자살한 아내가 이층에서 걸어 내려왔다는 얘기였어요. 내 기억이 맞다면 그녀는 내려와 남편과 새 여자친구가 함께 있는 걸 봤다고 했어요. 아니면 그건 내가 상상한 부분일지도 모르겠어요. 이 얘기 속의 사람들은 내가 아는 사람들이 아니었고, 등장인물은 모두 상상한 거예요. 「플라자 호텔」 같은 경우는 내가 아는 주식거래인의 얘기를 소재로 했어요. 하지만 출발은 그가 술을 마시면서 해준 얘기 한 토막이었어요. 옛날 여자친구를 만난 건 실수였다는. 여자친구가 너무 변한 나머지 아주 실망하고 말았다는 얘기였어요. 그녀는 결혼했다가 이혼을 했는데, 목소리나 성격은 그대로였지만 살이 너무 쪘다고 했어요. 그 여자친구는 다시 만날 뜻을 비쳤는데 남자가 기겁해서 약혼했다고 둘러댔어요. 그 말에 그 자신도 놀랐는데 그는 평생 '약혼'이란 단어를 써본 건 처음이었다고, 나에게 말해주었어요.

도움이 되면 좋겠군요.

따뜻한 인사를 전하며,
짐

상미 씨에게

지난번 메일에서 못한 답을 조금 할게요. 물론 「강상의 아내」는 파운드가 상당히 자유롭게 번역한 시라는 걸 알고 있지만, 그보다 중요한 건 그 시가 아주 아름답고 숭고한 영시라는 사실이에요. 「나의 주인, 당신」은 개가 출발점이었는데, 내 개는 아니고 아는 사람의 개였어요. 작품 속 시인의 캐릭터는 파운드를 소재로 한 건 아니었지만 이 작품에 파운드의 시가 어울릴 것 같았고, 그 시를 기리는 마음에서 넣었어요.

따뜻한 인사를 전하며,
짐

호화로운 집에 살다

이 책에서 가장 처음 번역한 이야기는 「포기^{Give}」였다.

생각지도 않은 번역이었는데 정말 후다닥했다. 누가 시킨 것이 아니었고, 출판사에 제안해볼 셈이었다. 그의 책을 번역한다는 건 나 자신에게조차 황당한 생각이었다. 제임스 설터를 몇 번 만나본 적은 있었지만 자주 만나는 사이도 아니었고, 번역을 해보겠다는 생각은 꿈에도 하지 못했다. 워낙 대가이기도 한 데다가, 워낙 미문이었다. 미사여구가 많다는 뜻이 아니다. 때로 번역이 곤란할 정도로 문장은 압축되었고, 비유는 정밀했다. 그가 쓰는 단어마다 특유의 표면장력 같은 게 느껴졌다. 그러니까 다른 사람이 '체리'라고 하는 것과 설터가 '체리'라고 하는 것은 느낌이 전혀 달랐다. 세잔의 〈생빅투아르 산〉의 붓질처럼 단어 하나하나가 눈에 와서 맺혔다. 이런 글을 내가 어찌 번역하겠는가. 차라리 눈먼 사람에게 색깔을 설명해주지.

설터는 이곳 미국에서 정말 존경받는 작가이다. 특히 동료 작가들에게조차 가장 완벽한 스타일리스트로 칭송받는다. "소설을 읽는 독자들에게 제임스 설터가 오늘날 미국 최고의 문장가라는 사실은 일종의 신념과도 같다." 『스포츠라이터 Sportswriter』의 작가 리처드 포드의 말이다. 생존 작가로서 영예롭게도 펭귄 클래식에 그의 책이 네 권 포함되었고, 다른 출판사들도 이에 합류하고 있다. 지금은 고인이 된 랜덤하우스의 명名편집자 조지프 폭스는 '편집한 책 중에 다음 세대까지 오래 남을 책을 들라'는 질문에, 트루먼 카포티의 『인 콜드 블러드In Cold Blood』와 제임스 설터의 『가벼운 나날들Light Years』을 꼽았다.

번역이 어려웠던 또 다른 이유가 있다면 나는 제임스 설터가 무서웠다. 빚을 지지 않은 다음에야 사람이 무서울 이유가 별로 없는데 설터는 이상하게 무서웠다. 그런 사람은 정말 처음이었다. 그가 친절하지 않아서도 아니고, 그가 유명하고 대단해서도 아니었다. 설터의 몸을 감싸고 퍼지는 어떤 오래된 위엄 때문이었다. 그의 눈에선 상대의 눈을 꿰뚫는 레이저 광선이 나오는 것 같아 뻣뻣한 표정으로 있기가 힘들었다. 앞에 가만히 서 있기만 해도 왠지 야단맞는 기분인데, 그의 글을 번역하면 어떻겠는가.

동네 서점에서 책을 산 후 실제로 「포기」를 가장 먼저 읽은 것 같다. 화가 페어필드 포터의 삶에서 영감을 받아 쓴 작품이란 얘길 들었었다. 표제작은 아껴두자는 마음도 있었지만, 포터가 영감이 된 이야기가 궁금했다. 아름다운 방과 풍경과 아이들을 그리는 포터의 세계는 어딘가 미심쩍은 파라다이스 같다는 생각을 해왔었다. 아내와 아이가 있었던 포터는 뉴욕 파派 시인 제임스 스카일러와 연인 관계였고, 실제로 3년 동안 가족이 있는 한집에서, 그와 함께 산 적이 있었다. 물론 그 안에서 무슨 일이 있었는지는 아무도 모른다. 나중에 설터가 말해준 것에 따르면 그도 이 정도의 사실을 듣고 시작했다 한다. 충격적인 남편의 배신도 배신이지만, 이 작품에서 설터가 보여주는 결혼 생활의 일면은 잔인하면서도 매혹적이었다. 부르르……. 아마 이 작품을 다 읽고, 몸에 소름이 좀 돋은 상태에서 이 책을 번역해보고 싶다는 생각을 감히 품었던 것 같다.

계속해서 「나의 주인, 당신」을 읽었다. 이 작품에 관해서도 사전 지식이 좀 있었다. 에즈라 파운드가 이백의 시 「장간행」을 번안한 「강상의 아내」가 등장한다는 사실이었다. 이백의 이 시는 유년 시절을 함께 보낸 남자와 결혼을 한 여자가, 일하러 떠난 남편을 그리워하며 읊은 사랑 노래이다. 에즈라 파운드는 어니스트 페놀로사Ernest Fenollosa, 미국의 일본 미술 연구가. 도쿄대학에서 정치, 철학 등을 강의하는 한편 한시에도 관심이 많아 이에 대한 연구를 담은 『Epochs of Chinese and Japanese Art』를 쓰기도 했다가 한 번역을 바탕으로 이 시를 번안했다. 이 번안시는 시 번역의 뛰어난 예를 보여주면서도 다분히 파운드의 독립적인 작품이자 중요한 영시로

꼽힌다. 파운드의 자율적인 해석과 첨삭이 이루어졌고, 무엇보다 현대 영어의 아름다움이 살아 있는 작품이기 때문이다. 설터의 단편 제목은 파운드의 번안시에서 발췌한 '나의 주인, 당신'인데, 이는 원작에서 君으로 표현된 부분으로(임금이란 뜻도 있지만) 여기선 이인칭 대명사 '당신'이라 번역하는 것이 타당하다. 그런데 파운드가 군이 '나의 주인 당신My Lord you'이라고 극존칭을 쓴 것은(My Lord는 주로 왕에게 붙이는 '각하'에 상응하는 표현이다) 적당한 존칭 대명사가 없었기 때문일 수도 있지만, 그 자신의 언어적이고 시적인 결정이라 볼 수 있다. 재미있는 것은 설터가 이 작품에서 이 호칭을 남편이 아니라 옛 애인에게 쓴다는 사실. 설터는 남편보단 일평생 기억하는 종류의 사랑에 나의 주인이란 이름을 붙이고 싶었던 모양이다.

어차피 파운드의 시가 아니라도, 난 이 작품에 반하고 말았다. 설터 특유의 파티가 끝난 아침의 묘사나 그 광기로 가득 찬 시인, 바닷가에서 혼자 오후를 보내는 여자, 기묘하면서도 충격적인 여자의 일탈, 여자를 쫓아다니는 그 광적인 시인의 개. 어떤 평론가는 이 개를 두고 결혼을 상징한다 했지만, 내 생각은 좀 다르다. 여자에게 있어 지금 기억이 되어버린, 누군가를 사랑할 때 품었던 어떤 광기 같은 걸 의미하는 게 아닐까. 아무리 쫓아도, 그녀의 집까지 따라와 먼발치에서 자고 가는 그 개의 모습. 또 부르르…… 등줄기에 힘이 빠졌다.

다음에 읽은 작품이 표제작 「어젯밤」. 이 책 속의 이야기가 거의 모두 충격적인 배신을 담고 있지만, 이 작품 속의 배신은 그중에서도 확실하게 눈부시다. 타이트하게 전개되다가 깜짝 놀라게 하는 반전이 머리를 치는 이 작품은 단편소설사에 남을 작품이라는 평을 받았다. 설터는 언젠가 이 책에 대한 인터뷰에서 "인생에서 가장 중요한 건 당신이 기억하는 것들이다"라는 장 르누아르 감독의 말을 인용한 적이 있다. 이 책을 쓸 때 전반적으로 염두에 둔 말이라고 했지만 특히 이 작품은 그 자체로 그런 느낌이 두드러졌다. 그런 일이 있었고, 그 사건에서 기억된 부분의 결정체만 정갈하게 배열한 듯한 느낌. 그 엄청난 일이 있고 나서 아무 일도 없었다는 듯이 서 있는 그 하얀 집의 느낌, 잠이 덜 깬 여자의 헝클어진 머리카락을 바라보는 남자의 모습은 아직도 나에게 생생하다.

이 책의 원제는 표제작의 원제인 Last Night이다. 짐작하다시피 여기엔 '어젯밤'이라는 일상적인 의미와 함께 '마지막 밤'이라는 덜 일상적인 의미가 함께 들어 있다. 나중에 안 사실이지만 이 책 속의 이야기들은 모두 이 두 단어로 수렴된다. 아침에 눈을 뜨며 심란하게 기억하는 어젯밤에 관한 이야기인 동시에, 돌이킬 수 없는 어떤 종국에 관한 이야기이기도 하다. 이 책에서 어젯밤은 되찾을 수 없는 상실을 떠올리는 배경과 계기를 제공하기도 하고, 표제작에서처럼 상실로 이어지는 결정적이고 치명적인 무대가 되기도 한다.

이 작품을 읽은 후 나머지는 읽지도 않고, 번역을 하기 시작했다.

설터가 미국에선 사랑을 받는 작가라도 한국엔 많이 알려져 있지 않기에, 출판사에서 번역 제의를 받아들였을 때는 기쁨보다 고마움이 앞섰다. 미국 문학이 한국에 꾸준히 소개되고 있지만, 아직도 갈 길은 멀고, 이 시점에서 설터의 작품이 소개된 것은 고무적이다. 설터는 헤밍웨이로 대표되는, 간결한 남성적인 문체를 구사해내는 세대의 거의 마지막이 아닐까 싶다. 하지만 설터는 그 세대와도 구분이 되어서, 조이스 캐럴 오츠는 그를 두고 "프루스트, 콜레트, 울프, 나보코프, 마르그리트 뒤라스 등 유럽 작가들의 감성을 지녔다"라고 평했다. 설터와 함께 영화 〈다운힐 레이서〉를 작업했던 로버트 레드포드는 언젠가 이렇게 말했다. "그때 설터가 나에게 이런 말을 했어요. 나뭇잎을 들어 올려 햇빛에 비추어 보면 잎맥이 보이는데, 그는 다른 건 다 버리고 그 잎맥 같은 글을 쓰고 싶다고." 어쩌면 이 말이 설터의 스타일을 가장 시적으로 잘 요약하지 않았나 하는 생각이 든다. 들어 올려, 햇빛에 비추어, 잎맥만 살리는. 인생을 관통하는, 가장 연약하면서도 본질적인 사실을 설터처럼 그려내는 작가를 또 만나기는 쉽지 않을 것이다.

처음 이 책을 대했을 때의 흥분감만큼이나, 아니 그 이상으로 번역은 즐거웠다. 막상 시작하니 의심은 들지 않았다. 설터의 문장을 번역하는 건 매우 감각적인 경험이어서, 아침에 일어나 일을 할 생각을 하면 기대가 되었다. 그의 단어와 문장이 갖는 탱글탱글한 긴장감 때문에 언제나 아랫배에 힘이 들어갔고, 그 긴장감이 낳은 어떤 부력에 힘입어 땅에서 조금 붕 떠서 죽 나아갔던 것 같다. 책을 끝내고 어디엔가 이런 말을 적었던 게 기억난다. "설터의 책을 번역하는 건 호화 저택에서 몸종을 거느리고 사는 기분이다. 아니, 그보단 바닷가에 지은, 커다란 테라스가 있는 집에서 맨발로 뛰어다니며 사치스럽게 산 기분이다. 이제 그 집에서 떠나고 싶지 않다." 이는 어쩌면 이제 내 인생에서 기억할, 중요한 사실이 되어버렸을지도 모르겠다.

2010년 봄, 브루클린 작업실에서
박상미

설터는 독서의 강렬한 즐거움을 아는 독자들에게 특히 어울리는 작가다.

수전 손택

설터의 단편은 어두운 수채화처럼, 암담한 분위기와 희미한 형태 속에서 몽환적으로 전개된다. 제임스 설터 특유의 작가적 재능으로, 독자는 이 이야기들을 좀 더 오래 읽고 싶은 마음에 사로잡힌다. 시적이고 매혹적인, 읽는 사람의 마음을 저미는 강력한 작품.

뉴욕 타임스 리뷰오브북스

설터는 플래너리 오코너, 폴 바울즈, 테네시 윌리엄스, 존 치버가 이른, 작가로서 드문 경지에 이른 작가다.

워싱턴 포스트 북월드

『어젯밤』은 누군가를 사랑하고 욕망하고 열망했던 사람이라면 누구나 반길 책이다. 원숙한 이 열 편의 이야기는 어둡고 섹시하다……. 표제작 「어젯밤」은 안톤 체홉의 「개를 데리고 다니는 여인」에 견줄 만한 잊을 수 없는 걸작이며, 이 시대 문단 최고의 단편으로 자리한다. 설터는 마치 인생처럼, 예측불허의 이야기로 우리를 놀라게 한다.

필라델피아 인콰이어러

설터의 소설엔 파라다이스가 없다. 그의 인물은 방황하고, 술에 취하고, 넘어지고, 빠지고, 다른 사람들을 죄로 유혹하고, 그들 자신도 죄를 짓는다. 하지만 그보다 좋은 세월에 대한 기억은 사라지지 않는다. 비록 그의 문장 속에서나마. 그의 글을 읽으면 얼마나 행복해지는가!

시카고 트리뷴

제임스 설터는 단연, 미국 최고의 작가다.

블룸스베리 리뷰

놀랍다……. 제임스 설터는 대단한 작가다. 생존 작가 중 감히 최고라 하겠다. 이야기나 인간이란 무엇인가 하는 문제에 조금이라도 관심이 있는 사람이라면 그의 신작을 읽고 흥분할 수밖에 없을 것이다. 설터가 언어로 빚는 마술은 가히 읽는 사람을 숨 막히게 한다.

사우스햄튼 프레스

정교한 아름다움을 갖춘 걸작. 시시껄렁하고 겉도는 이야기가 난무하는 이 시대, 제임스 설터는 정말 반갑게도 정밀한 문장으로 벼린 작품을 우리에게 선사한다. 이 작품은 요즘 우리 삶을 포착한 스냅숏이 아니다. 친밀한 인간관계에 내재한 문제를 다룬, 시공을 초월한 탐구다.

샌프란시스코 크로니클

기발할 정도로 예측이 불가능한 작품. 아름답다. 설터는 계속해서 터부를 깨는 이야기들을 쓴다. 그 목적은 거품을 뚫고 그 안에 있는 사람을 찔러주기 위한 것이다. 대담하고 정직한 작품이다.

파이낸셜 타임스

『어젯밤』은 단편소설의 걸작이다.

A⁺. 이 열 편의 단편은 놀라울 정도로 팽팽한 긴장감을 주면서, 위엄에 넘치도록 간결하게 빚어진 문장으로 매끄럽게 전개된다.

설터의 필치는 정말 훌륭하다. 표제작은 후대에 나올 단편소설집에 길이 남을 명작이다. 요즘 단편에서 볼 수 없다고 생각했던, 일격을 가하는 작품이다.

갈기갈기 찢긴 인간 관계는 제임스 설터의 전문 분야다. 그는 생각지도 못하게 엉망이 되어버린 순간을 포착하는 데 가히 천재적이다. 그러고는 그 순간 속에 묻힌 아름다움과 두려움, 마음을 찌르는 신랄함, 사랑과 정욕과 상실감, 그리고 슬픔과 혼돈스러움을 잊지 못할 미문으로 드러낸다.

설터는 가장 최소한으로 어떤 순간과 인물의 본질을 포착해낸다. 완벽한 각도로 물을 비추는 빛처럼 그의 언어는 이 이야기들을 삶으로 반짝이게 한다.

소설을 읽는 독자들에게 제임스 설터가 오늘날 미국 최고의 문장가라는 사실은 일종의 신념과도 같다.

리처드 포드

설터는 동시대 작가 중 가장 수준 높은 문학을 내놓는 사람이면서 동시에 그의 작품은 굉장히 읽기 쉽다는 미덕을 갖추고 있다.

탐파 트리뷴

미국의 위대한 소설가 제임스 설터가 쓴, 이 긴장감 넘치고 흠잡을 데 없는 이야기들을 담은 『어젯밤』은 아직도 그가 절정에 있는 작가라는 사실을 보여준다.

베니티페어

제임스 설터는 동료 작가들에게 예외 없이 칭송과 존경을 받는, 몇 손가락 안에 꼽히는 작가다. 설터는 그 시적이고 정밀한 문장으로, 자유자재로 독자의 숨을 멎게 한다. 그것도 한 페이지에 두세 번씩. 진정한 미국 대가의 작품이다.

하트포드 쿠란트